Rosie Rushton

¡Girls!

Das krieg ich auch selbst geregelt!

cbt

© John Roan

DIE AUTORIN

Rosie Rushton arbeitet als Journalistin für verschiedene Zeitungen und verfasst Reportagen für Zeitschriften. Besonders gern schreibt sie über Teenager und Familienbeziehungen. Sie ist Autorin mehrerer Jugendbücher, die auf größte Sympathie bei leidgeprüften Teenagern stoßen. Rosie Rushton lebt in Northamptonshire und hat drei erwachsene Töchter.

Von Rosie Rushton ist bei OMNIBUS/
OMNIBUS XL erschienen:
¡Friends! – **Eine voll coole Woche** (25015)
¡Friends! – **Eine Woche, die alles verändert** (25025)
¡Friends! – **Eine echt nervige Woche** (25078)
¡Girls! – **Das ist mein Problem!** (20492)
¡Girls! – **Das hab ich echt nicht nötig!** (25061)
Reg dich ab, Mama! (20452)
Ich glaub, ich krieg 'ne Krise! (20663)
Halt dich da raus, Mama! (20904)
Geliebte Brieffeindin/P. S. He's mine! Ein deutsch-englischer E-Mail-Roman (20955, gemeinsam mit Nina Schindler)

Bei C. Bertelsmann ist erschienen:
Ich schaff das schon, Mama! (12353)
Geständnisse und andere Lügen (12458)
Liebesschwüre und andere Peinlichkeiten (12485)
Geliebte Brieffeindin. Ein E-Mail-Roman
(12498, gemeinsam mit Nina Schindler)
Liebesleid und andere Freuden (12561)
Wer fängt mich, wenn ich falle (12628)

Rosie Rushton

Girls!
Das krieg ich auch selbst geregelt!

Aus dem Englischen von
Nina Schindler

cbt

cbt

Band 30021

cbt – C. Bertelsmann Taschenbuch
Der Taschenbuchverlag für Jugendliche
Verlagsgruppe Random House
München Berlin Frankfurt Wien Zürich

www.bertelsmann-jugendbuch.de

Umwelthinweis:
Dieses Buch wurde auf chlorfrei gebleichtem
Papier gedruckt.

Erstmals als cbt Taschenbuch Juni 2002
Gesetzt nach den Regeln der Rechtschreibreform

Die Originalausgabe erschien unter dem Titel
»Olivia« bei Piccadilly Press, London

Übersetzung: Nina Schindler
Lektorat: Kerstin Wendsche
Umschlagbild: Sabine Kranz
Umschlagkonzeption: init. büro für gestaltung, Bielefeld
go · Herstellung: Peter Papenbrok
Satz: Uhl + Massopust, Aalen
Druck: Clausen & Bosse, Leck
ISBN 3-570-**30021**-8
Printed in Germany

10 9 8 7 6 5 4 3 2 1

Inhalt

Olivia denkt nach

Olivia Hunter war überzeugt davon, dass ihr Gesicht zu rund, ihre Haare zu kraus und ihre Nase von zu vielen Sommersprossen übersät war. Sie besah sich ihr Spiegelbild im Garderobenraum des neunten Jahrgangs und fand es unglaublich ungerecht, dass diese äußerlichen Eigenschaften ihren Vater – von dem sie die alle geerbt hatte – jungenhaft attraktiv aussehen ließen und sie wie einen kleinen Vollmond. Trotz aller Versicherungen ihrer Freundinnen, sie wäre sehr hübsch, hätte wundervolle Wangenknochen und elegante schlanke Finger, sah Livi – wie alle sie nannten – nur, dass ihre zwei oberen Vorderzähne etwas schräg standen und ihr Busen durch Abwesenheit glänzte.

Dass ihr Haar von dem Honigblond war, für das die meisten Leute sich stundenlang mit Flaschen voller Färbemittel und einem Paar Gummihandschuhen über die Badewanne beugen müssen, und dass niemand ihre paar Sommersprossen bemerkte, weil alle viel zu sehr von ihren riesengroßen hellvioletten Augen bezaubert waren: Diese Tatsache ignorierte sie einfach. Ihre Haut war von einer durchscheinenden Helligkeit, die mit den Wörtern »blass« und »reizvoll« nicht ausreichend beschrieben wurde, und wenn sie lächelte, hatte sie ein liebenswertes Grübchen am Kinn. Das war eine Eigenheit, die ihr während der Grundschulzeit die Gunst einer ganzen Anzahl von Lehrern eingebracht hatte, die sich nicht dazu überwinden konnten, jemand so Niedlichen zu tadeln. Aber Livi wollte nicht niedlich, sondern verführerisch sein. Sie machte sich furchtbare Sorgen, weil sie es in den ganzen vierzehn Jahren ihres Lebens nie geschafft hatte, länger als fünf Wochen und drei Tage mit einem Jungen befreundet zu sein, und das sah sie als Beweis dafür an, dass sie völlig unattraktiv war und wahrscheinlich mal als verschrumpelte alte Jungfer enden würde, der nur Katzen und Gummibäume Gesellschaft leisteten.

Sie drehte dem Spiegel ihr Profil zu und seufzte tief. Die Strähnchen, die sie sorgfältig mit einer Schachtel »Strähnchenglitzer« eingefärbt hatte, waren zu dünn und hingen ihrer Meinung nach wie verblasste Schnürsenkel von ihrem Kopf runter. Und das todschicke Sonnenblumenkäppi, das bei dem Model in der letzten Nummer der *Kreisch!* so cool ausgesehen hatte, war bei ihrer Lehrerin Miss Plover nicht so gut angekommen. Die hatte das sofortige Abnehmen gefordert, mit dem Ergebnis, dass Livis Haar jetzt von einer Metallspange zusammengehalten wurde, und das sah noch dämlicher aus, als man es sich überhaupt vorstellen konnte. Andere Leute hatten vielleicht ab und zu einen schlechten Tag, aber Livi Hunter hatte täglich einen schlechten Tag.

»Hey, Livi, beeil dich – es ist zehn vor zwei!« Hayley Spicer tupfte Lipgloss auf ihren Mund und schnappte sich ihre Tasche. »Du weißt doch, wie sich die alte Witzel aufregt, wenn irgendjemand zu spät zum Unterricht kommt.«

»Ich weiß, ich komme«, seufzte Livi, strich sich das Haar hinter die Ohren und dann wieder zurück. Sie sah böse auf ein winziges Mitesserchen in der Mitte ihres Kinns und knurrte wütend.

»Du musst dich nicht für einen Jungen schön machen, weißt du, es ist nur Sozialkunde!«, lästerte Abigail Lane, knallte ihre Spindtür zu und folgte Hayley hinaus in den Korridor.

Abigail hatte leicht reden, denn sie hatte schulterlanges kastanienbraunes Haar, das seidig glänzte wie in einer Schamponreklame, und die längsten Wimpern der Schule und ging mit Adam Reilly, nach dem sich Livi förmlich verzehrte, seitdem er und seine Zwillingsschwester Tasha kurz vor Ende des letzten Schuljahres an die Bellborough-Court-Schule gekommen waren. Adam war einfach unglaublich süß, er hatte dunkelblaue Augen und milchkaffeebraune Haut und alle Mädchen vom neunten Jahrgang schwärmten für ihn. Livi war absolut selig gewesen, als er ihr damals auf Melissa Fields Geburtstagsparty gesagt hatte, ihre violetten Augen wären unglaublich sexy, und er hatte das auch gleich bewiesen, indem er ihr einen endlos langen Kuss im Wintergarten hinter Mrs. Fields berühmten Fuchsien gegeben hatte. Leider schien er in den folgenden Wochen auch von den verschiedenen Augenfarben vieler anderer Mädchen aus dem neunten Jahrgang bezaubert und jetzt stand er ganz unter dem Bann von Abigails grünäugigem Blick. Livi hatte ihn gefragt, was sie denn falsch gemacht hätte – obwohl alle ihre Freundinnen ihr sehr energisch erklärten, sie dürfte sich auf keinen Fall anmerken lassen, wie beleidigt sie war, weil er sie sitzen gelassen hatte –, und er sagte ihr daraufhin den alten Spruch auf, dass er sie zwar sehr gut leiden mochte, dass sie aber seiner Meinung nach leider nicht richtig zueinander passten. Kein Junge fand, dass sie richtig zu ihm passte, dachte Livi unglücklich.

Dabei hatte sie es immer wieder von neuem probiert. Sie befolgte alle »Schnapp-dir-einen-Typ«-Tipps aus der *Kreisch!*, sogar wenn das bedeutete, dass sie sich für Fußball und Autorennen interessieren sollte. Sarah, Livis beste Freundin seit der Babygruppenzeit, behauptete, Livi hätte deshalb keinen Erfolg, weil sie nicht distanziert und geheimnisvoll genug war, aber Livi gab die Schuld ihren Sommersprossen und ihren dicken Oberschenkeln und einer Mutter, die ihr aus lauter Gemeinheit keine coolen Klamotten kaufte. Und jetzt ging Adam mit Abigail, die zwar eine miserable Schülerin war, aber phantastisch schmollen und Blicke werfen konnte. Livi hatte es auch mit Schmollen versucht, doch sie sah dann nur beleidigt aus, und wenn sie schwüle Blicke warf, dann fragten die Leute, ob sie irgendwas ins Auge gekriegt hätte.

Schule, dachte Livi und kramte in ihrem Spind nach ihrem Sozialkundeheft, war ohne Sarah einfach nicht mehr das Gleiche. Sarah hatte die Bellborough Court am Ende des letzten Schuljahres verlassen, weil die Firma ihres Vaters Pleite gegangen war und er nicht länger das hohe Schulgeld bezahlen konnte. Der Grund für Livis Anwesenheit an dieser Schule war der Umstand, dass sie ein Musikstipendium bekommen hatte und nichts bezahlen musste. Manchmal bereute sie das mit dem Stipendium, denn sonst würde sie jetzt mit Sarah auf die Lee-Hill-Gesamtschule gehen. Als die Fields ihr großes Haus verkauft hatten und in zwei alte Cottages am Canal End gezogen waren, hatte Livi Sarah als Erste Trost und Rat angeboten.

Livi kannte sich aus mit dem Sturz von Reich nach Arm. Vor zwei Jahren mussten die Hunters ihr altes viktorianisches Pfarrhaus verkaufen, nachdem Livis Vater aus drei

Stellungen hintereinander rausgeflogen war. Danach zogen sie in ein rotes Backsteinreihenhaus, das der Immobilienmakler »charaktervoll« nannte und Livi »schäbig«. Doch Sarah hatte nicht viel Trost gebraucht, denn das Durcheinander von Umzug und Schulwechsel machte ihr anscheinend gar nicht so viel aus – aber eigentlich gab es sowieso nur wenig, was Sarah aus der Ruhe brachte. Deshalb hatte sich Livi auch immer bei ihr angelehnt und das war der Grund, weshalb sie sie so sehr vermisste. Es war, als ob ein Körperteil von ihr fehlte.

»Du hast doch noch andere Freundinnen«, sagte ihre Mutter auf diese besserwisserische Art, mit der alle Eltern darüber hinwegtäuschen, dass sie in Wirklichkeit keine Ahnung haben, wie sie die Dinge zum Besseren verändern können. »Du hast doch Hayley und Tamsin …«

»Aber sie sind nicht Sarah!«, protestierte Livi. »Mit Sarah war es einfach so schön!«

Und nachdem sie das ausgesprochen hatte, wurde ihr klar, dass es genauso war. Sie mochte Hayley zwar gut leiden und verbrachte viel Zeit mit ihr. Aber mit Hayley befreundet zu sein bedeutete, auch mit Tamsin und der ach so coolen Abigail zusammen zu sein, und irgendwie kam es Livi immer so vor, als müsste sie sich schreckliche Mühe geben, um mit diesen Spitzenmädels der Clique Schritt halten zu können. Die regten sich anscheinend niemals über irgendwas auf und sahen auf alle runter, die nicht mega-hip waren und die noch irgendwas anderes wollten, als sich auf Teufel komm raus gut zu amüsieren. Aber bei Sarah hatte Livi nie schauspielern müssen. Als Livis Vater damals Frau und Tochter verließ, um in Runcorn mit der fiesen Rosalie zusammenzuleben, und als Livis Mutter die verrücktesten

Zeiten durchgemacht hatte und auf einmal mit gekreuzten Beinen auf dem Fußboden saß und Panflöten zuhörte und Räucherstäbchen abbrannte, hatte Livi ihre Sorgen immer Sarah erzählt, die ihr dann genau gesagt hatte, was sie tun sollte und wie sie damit klarkommen könnte – wie sich das auch für eine gehörte, die die jüngste Kummerkastentante des Landes werden wollte. Sarahs Ratschläge hatten nicht immer zum ersehnten Ziel geführt, aber allein die Möglichkeit, mit ihr zu reden, machte es für Livi einfacher, die Probleme mit ihren Eltern zu ertragen.

Und mit Eltern wie ihren brauchte sie alle Hilfe, die sie kriegen konnte, dachte sie. Sie steckte das Heft in ihre Mappe und marschierte über den Schulhof. Als ihr Vater damals weggegangen war, hatte Livi sich von Sarahs unbeirrbar optimistischer Weltanschauung beeinflussen lassen und geglaubt, es würde sich hierbei nur um eine vorübergehende Phase handeln. Sie hatte Bücher über die Midlifecrisis gelesen und sich mit dem Gedanken getröstet, dass ihr Vater bald wieder vernünftig würde. Sicherlich musste ihn das Zusammenleben mit einer Frau bald langweilen, die eine so große Nase und absolut keinen Geschmack hatte, und dann käme er nach Hause zu ihrer Mutter zurück, die vielleicht ein bisschen verrückt und exzentrisch war, die aber niemals in Leggins mit Leopardenmuster und Sweatshirts mit Pailetten am Busen herumlaufen würde. Dann wäre ihre Mutter auch nicht mehr im einen Moment manisch glücklich und im nächsten todunglücklich und alles würde wieder so wie früher.

Aber als die Zeit verging, fragte sich Livi, ob ihr Vater sich wirklich noch etwas aus ihnen beiden machte. Scheinbar war Rosalie die einzige Person, die ihm etwas bedeutete. Dieses fiese Frauenzimmer war schuld daran, dass Livi ihren Vater seit Urzeiten nicht mehr gesehen hatte. Er hatte ihr vor zwei Wochen versprochen zu kommen, aber dann war Rosalies Auto kaputtgegangen und er musste sie immer zu ihren Aquarobickursen fahren.

»Ich hoffe, sie ersäuft dabei«, hatte Livi geknurrt.

Und dann, am letzten Wochenende, genau am Abend bevor sie mit ihm im *Snooty Fox* Mittag essen sollte, hatte er angerufen und gesagt, dass Rosalie Migräne hatte und dass er sie in diesem Zustand nicht alleine lassen konnte.

»Und warum nicht?«, hatte Livi kurz gefragt. »Sie muss sich doch in einem verdunkelten Zimmer hinlegen, dabei braucht sie dich bestimmt nicht.«

»Na ja, sie braucht mich schon, damit ich ihr helfen kann«, hatte ihr Vater nervös erwidert.

»Total bekloppt!«, gab Livi wütend zurück. »Egal, die Migräne ist bestimmt morgen früh vorbei.«

»Oh, das bezweifle ich«, sagte ihr Vater hastig. »Sie hat einfach grässliche Kopfschmerzen und sie leidet so darunter.«

»Wahrscheinlich, weil da nichts drin ist!« Vor lauter Enttäuschung wurde Livi leicht sarkastisch.

»Olivia! Sei doch nicht so kindisch – du kennst Rosalie doch kaum. Du bist einfach nicht fair zu ihr!«

»Fair? Fair?« Livi kämpfte gegen ein plötzliches Bedürfnis loszuheulen an. »Und ich nehme an, es ist fair, dass du uns verlassen hast und jetzt so weit weg bei ihr lebst? Ich nehme an, es ist fair, dass du dauernd alle Versprechen brichst, die du mir gibst, weil sie dir wichtiger ist, als ich das je sein könnte? Du brauchst von mir aus gar nicht zu kommen. Mir ist es ganz egal, ob ich dich sehe oder nicht.«

Und sie knallte den Hörer aufs Telefon, bevor er noch ein Wort sagen konnte.

Aber es war ihr nicht egal. Es machte ihr sogar sehr viel aus. Nicht nur das ausgefallene Essen, sondern auch die Tatsache, dass er lieber bei Rosalie blieb – die offensichtlich eine geniale Verführerin mit allerbösesten Absichten war –, als seine eigene Tochter zu besuchen, die ihn so schrecklich lieb hatte.

Es machte ihr was aus, dass ihre Mutter, die gar nichts falsch gemacht hatte, jetzt so wahnsinnig viel arbeiten musste und immer erschöpft aussah, während Rosalie wahrscheinlich die ganze Zeit mit Fitnesstraining und Kaffeekränzchen zubrachte.

»Ich wette, sie hatte noch nicht mal diese ach so schreckliche Migräne«, jammerte Livi bei Hayley, als sie in der Schulcafeteria mittags ihre Brote aßen. »Das ist wahrscheinlich nur ein Trick, damit sie Papa ganz für sich allein hat.«

»Die behält ihn nicht auf Dauer«, hatte Hayley ihr versichert, rasch ihr Brötchen mit Käse und Tomaten verschlungen und sich die Majonäse vom Kinn gewischt. »Dein Vater will sich ja noch nicht scheiden lassen: Das bedeutet, dass er im Unterbewusstsein weiß, dass er eigentlich mit deiner Mutter besser dran ist. Er hat jetzt nur ein Verhältnis – so was geht vorbei. Männliches Klimakterium«, fügte sie mit Kennermiene hinzu.

Hayleys Eltern waren geschieden und hatten beide wieder geheiratet – mit dem Ergebnis, dass Hayleys Großfamilie oder Patchworkfamilie sich anhörte wie der Stammbaum von den gekrönten Häuptern Europas. Sie hatte so viele Halbbrüder und Stiefschwestern, dass Livi immer völlig durcheinander brachte, wer denn nun wer war.

Aber Hayley hatte Recht, dachte Livi, als sie durch den Korridor zu Raum 18 rannte. Vielleicht hatte Papa bald die Nase voll von einer Frau, die nicht mal allein mit ihren Kopfschmerzen klarkam, und wenn er das nächste Mal kam, dann würde er Mama mit ganz neuen Augen ansehen und sich wieder wahnsinnig in sie verlieben. Obwohl Judy Hunter Livis Meinung nach nicht genug Anstrengungen machte, um ihren Mann zurückzulocken. Immer wenn er anrief, unterhielt sie sich mit ihm nur über Rechnungen, die dringend bezahlt werden mussten, oder über den feuchten Fleck an der Badezimmerdecke. Bei seinem letzten Besuch hatte Judy Livis Vater an der Haustür in einem mit Ton bekleckten Overall und Gummihandschuhen begrüßt, was ihn ja wohl kaum auf erotische Gedanken bringen konnte. Livi hatte ihr bis ins kleinste Detail zu verklickern versucht, was Clarissa Carradine im »Schmuseratgeber« genau erklärt hatte: Der Trick, sich seinen Mann zurückzuholen, bestand darin, ihn immer wieder daran zu erinnern, was er vermisste. Man musste die volle Kraft der Weiblichkeit einsetzen, von der Clarissa behauptete, sie wäre die mächtigste Waffe der Frau. Livis Mutter hatte erwidert, sie würde gern mal sehen, wie verführerisch Miss Carradine nach einer nervigen Auseinandersetzung mit dem Bankangestellten und nach sechs Stunden Töpfern von Keramikhexen samt Besen und Katern noch aussah.

Judy Hunter war künstlerisch sehr begabt, etwas exzentrisch, machte Tonelfen und Terrakottazwerge und verkaufte sie auf Kunstmärkten. Erst seitdem ihr Mann sie verlassen hatte, töpferte sie auch garstige Hexen und wütende Kobolde und hatte einen neuen Hit entdeckt: wütende kleine Trolle, die ihre Zungen rausstreckten. Sie hatte sich neue Visitenkarten drucken lassen, darauf stand: »Judy Joplin – Keramikzauberin«, denn Judy erlebte gerade etwas, das sie »Wiedergeburt« nannte, Livi aber eher »durchgeknallt«. Judy meinte, ihr Mädchenname passte viel besser zu ihrem Vornamen als Hunter, aber Livi fand es nur mal wieder einen Beweis dafür, dass sie ihren Vater viel zu rasch vergaß.

»Olivia Hunter!« Mrs. Wietz stand beim Fenster in Raum 18 und klopfte mit ihren feuerroten Fingernägeln auf die Heizung, als Livi in den Raum platzte.

»Wie reizend von dir, dass du bereit bist, dich uns anzuschließen! Ich hoffe, meine Absicht, mit der Stunde zu beginnen, hat nicht irgendwelche wichtigen philosophischen Betrachtungen über dein Leben unterbrochen?«

Der Rest der Klasse kicherte. Witzel war bekannt für ihre Ironie und das war auch immer sehr amüsant, solange es sich nicht gegen einen selbst richtete.

»Entschuldigung, Mrs. Wietz«, sagte Livi leise. »Ich hab über etwas nachgedacht und vergessen auf die Uhr zu schauen.«

»Oh, nachgedacht, ja?«, machte sich Mrs. Wietz über Livi lustig. »Das ist ja mal was völlig Neues! Tja, da unser heutiges Diskussionsthema ›Familienbeziehungen‹ heißt, bist du vielleicht so freundlich und machst dir mal ein paar Gedanken darüber.«

Eigentlich, dachte Livi, würde ich das lieber nicht tun.

Hayley plant eine Strategie

»Bei ihr klingt alles so leicht, nicht wahr?«, überlegte Livi, als sie mit Hayley am Nachmittag mit dem Schulbus nach Hause fuhr. »Ich meine, die alte Witzel redet immer von vernünftigen Diskussionen und davon, dass man sich auch andere Gesichtspunkte anhören soll – aber sie muss auch nicht bei uns zu Hause leben.«

»Bei uns auch nicht«, stimmte Hayley zu und riss eine Packung mit Käse- und Zwiebelchips mit den Zähnen auf. Hayley war mollig und hübsch und hielt es kaum länger als eine Stunde ohne was zu essen aus. Sie hatte ständig einen Riesenappetit und genoss ihre Snacks mit der gleichen Hingabe und Begeisterung, mit der sie alles im Leben anging. Als Livi angekündigt hatte, sie wollte eine Hüttenkäse- und Obstdiät machen, damit ihre Oberschenkel schlanker würden, hatte Hayley ihr erklärt, sie fände das total bekloppt. Das Leben wäre viel zu kurz, um Kalorien zu zählen, und außerdem: Wer wollte sich schon gern klapperdürre Leute angucken?

»Cliff – das ist mein Stiefvater – hat eine Meise«, erzählte Hayley fröhlich kauend. »Eben noch spielt er den ach so fürsorglichen Stiefvater, im nächsten Augenblick nervt er mich wie Teufel. Zum Beispiel gestern. Da hab ich zu meiner Mutter gesagt, sie wäre eine Trantüte, nur so aus Spaß, und er drehte völlig durch und brüllte, ich sollte sofort auf mein Zimmer gehen! Dabei hatte meine Mutter noch nicht mal gehört, was ich zu ihr gesagt hatte, bis er sich so darüber aufregte. Hat doch 'ne Meise, oder was?«

Livi nickte.

»Du sagst es«, pflichtete sie Hayley bei. Auch die Launen ihrer Mutter reichten von der alles umarmenden Erdmutter bis zur Teufelshexe.

»Wenigstens hast du keine Stieffamilie, mit der du fertig werden musst«, erklärte Hayley, verschlang die letzten Chips und leckte anschließend das Salz von ihren Wurstfingern. »Und deine Mutter macht einen echt guten Eindruck – kaum der Typ, der sich unnötig aufregt.«

»Du machst wohl Witze«, protestierte Livi und schielte zum Himmel. »Du warst am Sonntag nicht dabei.«

Es war schon schlimm genug gewesen, als ihr Vater sie damals sitzen gelassen hatte. Aber jetzt musste sie sich auch noch ständig mit ihrer Mutter herumzanken. Livi und ihre Mutter saßen eben noch in ihren Morgenröcken beim Frühstück, aßen friedlich Croissants und blätterten durch die Sonntagszeitung, als Judy plötzlich ihr Messer auf den Tisch warf, den Stuhl zurückschob und in der Küche auf und ab tigerte.

»Ich könnte den Kerl ermorden, weil er dich einfach so sitzen lässt!«, rief sie, griff nach der Kaffeekanne und kleckerte Kaffee über den Frühstückstisch. »Aber warum bin ich überhaupt überrascht deswegen – er besaß ja noch nie in seinem Leben Verantwortungsgefühl!«

Immer wenn ihre Mutter auf ihren Vater schimpfte, pochte Livis Herz schneller und ihr Magen schlug Purzelbäume, als ob sie auf der Achterbahn fuhr. Ihre Mutter sollte sich lieber an die guten Eigenschaften ihres Vaters erinnern und nicht an die schlechten.

»Du weißt doch, wie weichherzig und fürsorglich er

eigentlich ist«, sagte Livi schnell. »Du hast immer gesagt, falls Papa einen verletzten Spatzen und eine Zehnpfundnote auf dem Trottoir findet, würde er das Geld nehmen und den Spatz darin einwickeln!« Sie wartete, damit ihre Mutter über diesen alten Familienwitz lachen könnte, aber alles, was sie hörte, war ein böses Grunzen.

Livi versuchte es noch einmal. »Egal, ich glaube nicht, dass ihm was anderes übrig blieb. Ich schätze mal, dass die blöde Rosalie ihm irgendeine Jammergeschichte erzählt hat, und er hat dann das getan, was er für das Richtige hielt.«

»Oh, zweifellos«, sagte ihre Mutter spöttisch, riss sich ihr Tuch vom frisch gefärbten bernsteinbraunen Haar und schleuderte es auf den Tisch. »Es ist nur schade, dass er es nie richtig findet, die Rechnungen zu bezahlen oder treu zu bleiben oder irgendwas von den Dingen zu tun, die er mal versprochen hat. Aber bitte schön, das ist eben Mike Hunter: alles nur Gerede und keine Taten!«

Livi wusste, wenn ihre Mutter einmal mit Schimpfen anfing, dann konnte das ewig so weitergehen. Sie hasste es, wenn sie zuhören musste, wie Mama endlos über Papas Fehler schimpfte. Na gut, er konnte nicht gut mit Geld umgehen. Als sie damals ihr Haus verkaufen mussten, hatte er Livi gesagt, dass sensible Leute selten finanzielle Schlaumeier wären, und außerdem würde Geld in dem großen Weltenplan doch sowieso keine große Rolle spielen. Daraufhin hatte ihre Mutter erwidert, dass komischerweise die meisten es dazu benutzten, um ihre Schulden zu bezahlen und ihren Kindern Klamotten zu kaufen, und garantiert nicht für Flirts mit der Sekretärin oder für Blumensträuße für junge Bankangestellte. Diese Wortwechsel führten immer zu einer dieser grässlichen Brüllereien, die damit endeten, dass Livis Vater aus dem Haus raste, sich in sein Auto setzte und direkt nach Runcorn fuhr. Solche Streitereien waren dann immer häufiger geworden, bis ihr Vater eines Tages nach Runcorn fuhr und nicht mehr zurückkam.

»Und dann noch was anderes. Dein verantwortungsloser Vater …«, fing Judy an und schlug mit der Faust auf den Tisch.

»Oh Mama«, bat Livi. »Fang nicht wieder damit an!«

»Nicht anfangen?« Judys Wangen waren gerötet und ihre Augen glänzten verdächtig. »Nicht anfangen, sagst du? Ich hab noch nie aufgehört. Ich werde nie aufhören! Ich hab noch ein halbes Dutzend Hexen für den Kunstmarkt in Kettleborough nächste Woche zu machen und Mrs. Liddington ist dauernd hinter mir her, damit ich endlich ihren norwegischen Trollschirmständer fertig mache. Ich hatte gedacht, wenn du aus dem Haus bist und dich mit deinem Vater triffst, könnte ich mich endlich mal daranmachen, aber jetzt nehme ich an …«

»Oh, phantastisch!«, kreischte Livi und schleuderte die Sonntagsbeilage auf den Fußboden. »Tut mir ja so Leid, dass es mich gibt! Tu eben einfach so, als wär ich nicht da. Ich werde mich in Luft auflösen, ja?«

Und sie stürmte aus der Küche, polterte nach oben und knallte ihre Zimmertür so heftig zu, wie sie nur konnte. Sie hatte angenommen, dass ihre Mutter ihr folgen und sich entschuldigen würde, weil sie so taktlos gewesen war. Aber sie kam nicht. Nach ein paar Minuten waberte der Klang von Panflöten von einer Entspannungs- und Revitalisierungs-CD die Treppe hoch.

»Sie entschuldigen sich eben nicht gern«, war Hayleys Kommentar, als Livi ihr das erzählte. »Das beeinträchtigt ihr Überlegenheitsgefühl.«

»Och, sie kam dann schon noch«, sagte Livi rasch. Ihr machte es nichts aus, ihre Eltern zu kritisieren, aber sie mochte es nicht, wenn andere das taten.

Livi hatte gerade Sarah anrufen wollen, um sich bei ihr auszuheulen, als ihre Mutter zur Tür reinschaute.

»Kann ich reinkommen?«

»Bist du dir sicher, dass du dafür Zeit übrig hast?«, hatte Livi böse erwidert.

Ihre Mutter seufzte.

»Tut mir Leid, dass mir das so rausgerutscht ist.« Sie setzte sich auf Livis Bett. »Ich wollte nicht so losbrüllen – es ist nur, na ja, also ...« Und zu Livis Entsetzen brach ihre Mutter in Tränen aus.

Livi fühlte sich grässlich.

»Ist schon okay, Mama«, sagte sie und legte ihr den Arm um die Schulter. »Tut mir Leid – es war meine Schuld.«

Ihre Mutter schüttelte den Kopf. »Nein, nein, das lag an mir. Ich weiß, ich bin irrational, aber ich bin so erschöpft, und dein Vater hat diesen Monat noch kein Geld geschickt, und wenn ich erst 35 und schlank wäre wie Rosalie, statt 45 mit reichlich Zellulitis, dann wäre er vielleicht nicht weggegangen, und jetzt macht der Boiler wieder diese komischen Geräusche – und – oh, alles, einfach alles!«

»Papa kommt bestimmt zurück«, versicherte Livi ihr, mehr aus einer Hoffnung heraus als aus Überzeugung. »Du bist mehr wert als tausend Rosalies«, fügte sie loyal hinzu.

Livis Mutter schniefte.

»Ich glaube nicht, dass dein Vater das so sieht«, sagte sie traurig.

Livi versuchte es noch mal. »Hör mal, ich mach uns was von dem Zitronen- und Ingwertee, den du so magst, ja?«

Ihre Mutter lächelte schwach und nickte.

»Und du könntest eben zum Kiosk an der Ecke laufen und was Süßes holen«, schlug sie vor und nahm sich eins von Livis Papiertaschentüchern, um sich die Augen zu wischen.

»Und wir könnten uns ein Schnulzenvideo ausleihen«, meinte Livi. »Und heute vielleicht eins mit 'nem Happyend ...«

Livis Mutter schnäuzte sich und grinste.

»Ich hol mein Portmonee«, sagte sie. Dann blieb sie stehen, ihre Hand auf dem Türknauf.

»Weißt du, das wäre alles nicht so schlimm, wenn ich deinen Vater nicht immer noch lieben würde – sogar an den Tagen, an denen ich ihn hasse«, setzte sie leise hinzu.

Das war nach Livis Ansicht das vielversprechendste Geständnis, das ihre Mutter seit Wochen gemacht hatte. Livi hatte sie in den Arm genommen und gedrückt und beschlossen, den Trick mit der kreativen Visualisation noch stärker einzusetzen. Dabei stellte sie sich nämlich immer vor, dass Rosalie von einem rasenden Fahrzeug zerquetscht wurde. Wenn möglich, bald.

»Weißt du, was dein Problem ist?«, sagte Hayley ganz ruhig, als der Bus an der Haltestelle hielt.

»Wahrscheinlich wirst du's mir gleich sagen.« Livi holte sich ihre Tasche aus dem Gepäcknetz. Hayley war nicht gerade berühmt für Takt und Diplomatie.

»Du nimmst das alles viel zu ernst«, versicherte ihr Hayley. »Lass sie doch ihr Leben selber regeln und nutz die Situation nach Strich und Faden aus.« Sie grinste über Livis verblüfften Gesichtsausdruck.

»Sieh mal, das ist ganz einfach.« Hayley strich sich ihre Ponyfransen aus den Augen. »Die sind ganz mit ihren eigenen Problemen beschäftigt, nicht wahr? Am Ende werden sie dann doch das tun, was sie tun wollen, egal, was du denkst.«

»Sieht so aus«, gab Livi zu, als sie sich auf dem Gang bis zur Bustür weiterschoben.

»Und ich wette, sie werden beide von Schuldgefühlen zerfressen – dein Vater, weil er derjenige ist, der weggegangen ist, und deine Mutter, weil sie sich dauernd einredet, dass alles gut gegangen wäre, wenn sie doch nur eine bessere Ehefrau gewesen wäre.«

»Sie war – ist – eine gute Ehefrau«, protestierte Livi.

»Darum geht es nicht«, sagte Hayley und stieg aus dem Bus. »Das mit diesem Schuldgefühl, das haben sie alle – sie fühlen sich dadurch besser. Meine Mutter hat dauernd davon gelabert, wie es gewesen wäre, wenn sie weniger Geld ausgegeben und mehr Zeit zu Hause verbracht und nette Rezepte gekocht hätte. Dann wäre Papa zu Hause geblieben und Damien wäre in der Schule nicht so abgesackt. Aber dann hat sie Cliff getroffen und plötzlich ging sie wieder zum Frisör und besprühte sich von oben bis unten mit Parfüm und schob uns den Fertigfraß in die Mikrowelle und merkte nicht mal, was Damien für Noten nach Hause brachte.«

Livi kicherte.

»Oh, es kann ja lachen!«, lästerte Hayley. »Ich dachte, du würdest jetzt immer so trübsinnig gucken.«

Livi zog eine Grimasse.

»Also«, fuhr Hayley energisch fort, während sie darauf warteten, dass sie die Straße überqueren konnten. »Was ich sagen will, ist Folgendes: Hör auf, dir über ihr Leben Sorgen zu machen und kümmer dich um dein eigenes! Nutz ihre Schuldgefühle aus – ich hab meine Mutter dazu rumgekriegt, dass sie mich nächste Woche eine Geburtstagsparty schmeißen lässt. Ich habe ihr eingeredet, ich brauche das, damit ich den Trennungsschmerz überwinde!«

Sie kicherte.

»Ich kann mich jetzt sogar während der Woche mit Tim treffen und das war mal total verboten! Du musst zusehen, dass du die Dinge zu deinem Vorteil nutzt.«

Livi seufzte. Hayley, der es völlig egal gewesen war, ob sie einen Freund hatte oder nicht, ging jetzt mit einem sechzehnjährigen Typen, der den Boden anbetete, auf dem sie ging.

»Ja, aber wenigstens hast du jemanden, mit dem du zusammen sein kannst. Ich hab niemanden.«

»Du hättest bestimmt jemanden, wenn du dich nur mal ein bisschen beruhigen würdest – ich meine, guck doch nur mal, wie du Adam vertrieben hast!«

»Was meinst du damit, dass ich ihn vertrieben habe?«, entrüstete sich Livi. »Er war derjenige, der sich aus dem Staub gemacht hat.«

»Und hast du dich schon mal gefragt, warum?«, entgegnete Hayley, während sie den Autos auf der Wellington Road auswichen. »Jungs finden es stinklangweilig, wenn du dauernd bloß von dieser dämlichen Rachel laberst.«

»Rosalie«, korrigierte Livi.

»Dann eben Rosalie«, sagte Hayley ungeduldig. »Der

Punkt ist, Typen wie Adam wollen sich amüsieren, und lass uns doch mal ehrlich sein, in letzter Zeit warst du eine ziemlich trübe Tasse.«

Livi sah gekränkt aus.

»Du kommst nie mehr in den *Stomping Ground*, dabei ist das eine echt tolle Disko«, bemerkte Hayley. »Und warum nicht?«

Livi zuckte die Achseln.

»Na ja, jetzt, wo Sarah nicht mehr ...«

»Ach, verdammt noch mal, Livi!«, fuhr Hayley sie an. »Du bist wie ein kleines Kind! Kannst nirgendwo hingehen, außer, jemand nimmt dich am Händchen. Ich meine, Sarah ist Klasse und so, aber du kannst doch nicht dauernd dein Leben in ihrem Schatten leben.«

Livi biss sich auf die Lippe.

»Sieh mal.« Hayley packte sie am Arm. »Unsere ganze Clique geht am Samstag in den *Stomping Ground* – willst du nicht mitkommen?«

»Aber vielleicht kommt mein Vater ...«, fing Livi an und wechselte ihren Schulmappenriemen von der einen Schulter auf die andere.

»Na, da hast du es ja wieder!«, rief Hayley aus. »Dein Vater *könnte* also kommen? Aber wenn man sich anguckt, wie es bisher gelaufen ist, kommt er vielleicht auch nicht. Was willst du jetzt also machen – dein ganzes Leben darauf warten, dass er vielleicht geruht anzurufen?«

»Aber ...«

»Aber nichts. Komm mit uns am Samstagabend mit – das wird bestimmt toll.«

Livi dachte darüber nach. Die eine Hälfte von ihr wollte mitgehen, mal wieder mit der coolen Clique zusammen sein und die ganzen Sachen vergessen, die sie morgens um zwei immer aus dem Schlaf aufschrecken ließen, aber die andere Hälfte war sich sicher, dass sie nicht dazugehören würde und dass alle hinterher hinter ihrem Rücken über sie reden würden. Es hatte ihr nichts ausgemacht, als Sarah noch bei ihr war, denn die sagte Livi immer, was sie anziehen sollte und mit wem sie reden sollte, aber jetzt …

»Und falls dein Vater wirklich kommt, können er und deine Mutter ja mal wieder einen Abend allein zusammen verbringen«, sagte Hayley listig.

Da hat sie Recht, dachte Livi, und ein romantischer Abend nur mit den beiden allein könnte Wunder bewirken.

»Okay«, sagte sie, »ich komme mit – danke.«

»Cool«, sagte Hayley, »bis dann!«, und wollte in die Wellington Gardens abbiegen.

»Möchtest du nicht noch ein bisschen mit zu mir kommen?«, fragte Livi rasch. Einerseits aus Dankbarkeit und andererseits, weil sie gern noch Gesellschaft wollte. »Wir könnten uns meine neuen CDs anhören, wenn du möchtest.«

Livis größte Leidenschaft war Musik – musizieren, zuhören und sogar komponieren, wenn sie Lust dazu hatte – und sie gab den größten Teil ihres Taschengeldes für CDs und Noten aus. Ihr Vater hatte immer gesagt, dass er genau wusste, in was für einer Stimmung sie war, wenn er ihr beim Klavierspiel zuhörte – Rock, wenn sie fröhlich, Folk, wenn sie nachdenklich war, und der Himmel sollte allen gnädig sein, wenn sie mit Beethoven loslegte.

»Geht leider nicht«, sagte Hayley. »Ich soll Papa und Carol bei der Geburtstagsparty der Zwillinge helfen. Ein Dutzend Vierjährige – Wahnsinn! Ich mach das nur, weil

Papa gesagt hat, dass er mir den Lederrock kauft, wenn ich Carol unterstütze.«

Livi trat gegen eine leere Coladose im Gully.

»Ich beneide dich«, sagte sie. »Es ist, als ob du zwei ganze Familien hättest – ich hätte so gern Brüder oder Schwestern.«

Hayley zog eine Grimasse.

»Du machst wohl Witze! Es gibt niemals irgendwo Frieden, zu Hause ist es ein ewiges Durcheinander mit meinem bekloppten Bruder Damien, der die ganze Zeit Schlagzeug spielt, die Kinder von Cliff gehen bei uns ein und aus, wann immer sie sich mit ihrer Mutter gezankt haben – und bei meinem Vater kann man keinen Schritt tun, ohne dass man über Plastikautos stolpert oder auf Legoteile tritt.«

»Ja, aber wenigstens musst du dich nie einsam fühlen«, meinte Livi sehnsüchtig.

Hayleys Gesicht verdunkelte sich für einen Augenblick.

»Tu ich aber doch«, sagte sie. »Sieh mal, meine Mutter ist dauernd damit beschäftigt, die megacoole Stiefmutter zu spielen, und mein Vater rast ständig umher und kickt Fußbälle, obwohl er bald 50 ist und einen Bauch wie ein Kartoffelsack hat – und die ganze Zeit hab ich den Eindruck, als ob sie sich überhaupt nichts aus mir machen, weil es mich ja schon immer gab.« Sie machte eine kurze Pause. »Weißt du, die gute alte Hayley, die wird schon zurechtkommen.« Einen Augenblick lang stand sie, in Gedanken verloren, da und knabberte an ihrem Daumennagel.

»Also«, sie fuhr sich mit den Fingern durch ihren karamellfarbenen Pagenkopf, dann grinste sie wieder breit. »Ich lass sie einfach weitermachen und mach, was ich will – das ist cool –, versuch's auch mal.«

Livi grinste zurück. »Vielleicht, und danke für die Einladung.«

»Immer zu Diensten. Es gibt da ein paar dufte Typen, die immer samstags in den *Stomping Ground* gehen – vielleicht findest du ja doch noch deinen Traumboy!«

»Jungs scheinen sich nie sehr für mich zu interessieren«, sagte Livi resigniert.

Hayley runzelte die Stirn.

»Sei nicht dauernd so negativ!«, befahl sie. »Du bist unheimlich hübsch und nett noch dazu, hör endlich mal auf, dich immer so schlecht zu machen.« Sie grinste Livi an. »Weißt du's denn? Vielleicht ändert sich dein ganzes Leben am Samstagabend!«

Es gab Zeiten, da schien Hayley Spicer die Gabe des zweiten Gesichts zu haben.

Ein schicksalhaftes Zusammentreffen

Nachdem Hayley davongeeilt war, um zwei Stunden lang die Reise nach Jerusalem und andere Spiele zu beaufsichtigen, wanderte Livi die Silverdale Road entlang und versuchte sich etwas einfallen zu lassen, wie sie ihre Mutter überreden konnte, ein bisschen Geld für neue Klamotten für den Samstagabend auszuspucken. Ihre Freundinnen schienen immer alle die brandneueste Kluft anzuhaben, wohingegen Livi meinte, sie sähe immer irgendwie trutschig aus. Natürlich war das zum größten Teil der Fehler ihrer Mutter, denn die gab ihr so wenig Taschengeld, dass sie sich nie mehr als eine Anziehsache auf einmal kaufen konnte, und – wie Sarah sagte – man muss ja schließlich immer dafür sorgen, dass der Gesamteindruck stimmt. Was sie sich derzeit am meisten wünschte, waren Caprihosen aus schwarzer Spitze und ein Angoratop, aber beides konnte sie sich im Moment überhaupt nicht leisten.

Vielleicht, sie hatte einen plötzlichen Gedankenblitz, könnte sie ja ihren Vater anrufen und ihm ein Jammerlied vorsingen, dass sie sich zu sehr schämte und nicht mit ihren Freundinnen ausging, weil sie nichts Vernünftiges anzuziehen hatte. Nach dem, was Hayley gesagt hatte, würde er dann doch alles tun, um Livi bei Laune zu halten. Es könnte den Versuch wert sein, denn was immer ihr Vater für sie ausgab, konnte er nicht mehr an die fiese Rosalie verschwenden. Je länger sie darüber nachdachte, desto besser gefiel ihr die Idee, und sie rannte die letzten hundert Meter bis zu ihrem Haus, wobei sie die jammervolle Bitte in ihrem Kopf dauernd wiederholte. Sie fummelte gerade an der rostigen Klinke des Gartentors herum, als jemand ihr von hinten auf die Schulter tippte.

»Entschuldige bitte …«

Sie schnappte laut nach Luft, wirbelte herum und fand sich auf einmal von Angesicht zu Angesicht mit dem bestaussehenden Knaben wieder, der ihr jemals begegnet war. Er hatte mandelförmige graue Augen, Haare in der Farbe von Erdnussflips und er stützte sich auf den Lenker eines glänzenden Mountainbikes. Er trug ein schwarzes Poloshirt mit offenem Kragen und eine silbrige Radlerhose, unter der ein Paar wunderschön muskulöser, sonnengebräunter Beine hervorschaute. Livi schätzte ihn auf ungefähr 16, und als sein Blick von ihren windzerzausten Haaren zu ihren ziemlich ausgetretenen Schuhen wanderte, wurde ihr auf einmal sehr bewusst, wie formlos ihr Schuluniformrock und ihr schrecklicher brauner Blazer waren.

»Tut mir Leid«, sagte er, »ich wollte dich nicht erschrecken.« Seine Stimme war tief und samtig und hatte eine außergewöhnliche Wirkung auf Livis Herzschlagfrequenz.

»Die Sache ist die, ich glaube, ich habe mich ein bisschen verfahren«, sagte er. »Ich versuche wieder zur Lockside Lane zu kommen – weißt du, da unten beim *Butty Inn*?«

Livi nickte. Das war auf halber Strecke zwischen ihrem Haus und Canal End, wo Sarah wohnte. »Das ist leicht. Du musst nur bis ans Ende dieser Straße fahren, dann biegst du ab nach links in die Watersmeet und da ist die letzte auf der linken Seite die Lockside Lane. Auf welche Seite vom Kanal möchtest du denn?«

»Keine Ahnung!« Er lachte. »Ich wohne auf einem Boot und hab meine Mutter beim Anlegen zurückgelassen, während ich mal hier die Nachbarschaft erkundete. So, wie ich ihre Bootsführerkünste kenne, könnte sie inzwischen schon die halbe Strecke bis Lowestoft getrieben sein.«

Livi lachte.

»Also, wenn du über den Kanal hinübermusst, dann solltest du besser am Pub vorbei bis zur Hängebrücke weiter- und dort dann rüberfahren«, sagte sie.

»Toll – tausend Dank.« Er setzte sich auf den Sattel und wendete das Rad in die andere Richtung.

»Ich wünsch dir noch schöne Ferien!«. Livi war selbst überrascht über ihren Wunsch, das Gespräch fortzusetzen.

»Oh, das sind keine Ferien«, sagte er leichthin. »Wir

leben den ganzen Sommer lang auf dem Boot – früher lagen wir immer an den Kettleborough Locks, aber meine Mutter arbeitet jetzt eine Zeit lang hier und deshalb sind wir hierher gekommen! Übrigens heiße ich Ryan.« Er grinste.

»Ich heiße Olivia«, sagte Livi und benutzte ihren vollen Namen, damit es etwas eindrucksvoller klang.

»Vielleicht treffen wir uns ja mal wieder«, sagte Ryan.

Ja bitte, dachte Livi. Wann? Wo?

Sei distanziert und geheimnisvoll, ermahnte sie sich streng.

»Vielleicht«, sagte sie dann so lässig, wie ihr bummerndes Herz es gestattete. Sie sah ihm nach, als er rasch die Straße hinunterstrampelte und mit einem sonnengebräunten Arm zum Abschied winkte.

Livi spürte sehr deutlich die Schmetterlinge in ihrem Bauch und sie fühlte ihre Beine nicht mehr. Aha, dachte sie, das ist bestimmt das, was man Liebe auf den ersten Blick nennt.

Selige Wiedervereinigung

Livi drehte den Schlüssel in der Haustür um und betrat die Diele. Ein großer grüner Kobold grinste sie lüstern vom Telefontisch her an. Das Telefon war nicht zu sehen.

Sie grinste zurück. Immer wenn ihre Mutter eine neue Figur gemacht hatte, stellte sie sie in der Diele auf. Wenn Besucher sich begeistert darüber äußerten, dann wusste sie, dass sie ein Hit war. Wenn sie sie höflich ignorierten, war die Figur unverkäuflich und die Idee wurde verworfen.

Livis Mutter betrachtete ihre Diele als eine Art Ausstellungsraum für ihre Kunstwerke. Als die Hunters das Haus gekauft hatten, war es ein enger, düsterer Flur gewesen, aber Judy hatte die grässliche rote Tapete abgerissen, die Wände in Zitronengelb und Sahneweiß gestrichen und dann ein Trompe-l'œil-Fenster aufgemalt, das täuschend echt aussah, wo Tauben Maiskörner von der Wand pickten. Es gab einen Spiegel, der von kleinen dicken Feen eingerahmt wurde, und eine Garderobe mit Zwergengesichtern an Stelle von Garderobenhaken. Ein Leuchter in der Form des Mannes im Mond stand auf dem Tisch und am Fuß der Treppe standen ein paar Terrakottaelfen. Eine popelte in der Nase und die andere lutschte am Daumen. Von der Decke hing eine peruanische Windharfe, eine Ansammlung von glänzenden Kristallen, von der Judy behauptete, dass sie kreative Energie ins Haus brachten, und eine bronzene Duftschale, die sie mal in einem Trödelladen gefunden hatte. Die Wirkung von alldem war etwas exzentrisch und Sarahs Mutter hatte mal behauptet, dass der Bauunternehmer, der damals zu Anfang des Jahrhunderts das Haus gebaut hatte, jetzt im Grabe rotieren würde. Aber Livis Mutter entgegnete, der brauchte ja auch nicht hier zu leben, und die Gespräche, die ihre Figuren auslösten, waren jedenfalls viel interessanter als solche über das Wetter.

Livi warf den Blazer über eins der Zwergengesichter, ging ins Wohnzimmer und sank auf dem Klavierhocker nieder. Sie fing an zu spielen. Ryan. Ryan. Sie wiederholte den Namen in ihrem Kopf wie ein Mantra. Das war wirklich ein Typ, auf den sie echt stehen konnte. Einer, der schon erwachsen war, mit dem man sich gut unterhalten konnte – und dann sein Aussehen! Sie wünschte, sie hätte sich nach dem Namen des Bootes erkundigt. Auf dem Leehampton-Kanal drängelten sich den ganzen Sommer lang die Boote und sie zweifelte, ob sie ihn jemals wieder sehen würde. Außer natürlich, sie würde Sarah auf ihn ansetzen …

Das war genial! Sarahs Cottage stand direkt am Treidelpfad neben dem Kanal, das war perfekt. Sie würde Sarah dazu überreden, dass sie alle Boote absuchte, bis sie Ryan fand, und dann sollte sie es Livi sagen. Danach konnte Livi einfach mal so ganz zufällig vorbeischlendern, todschick angezogen, und alles würde wunderbar werden.

Der Gedanke an die Knete, die sie brauchte, damit sie sich auch nur halbwegs todschick anziehen konnte, erinnerte Livi an ihren Entschluss, ihren Vater anzurufen. Sie suchte zwischen den Mänteln, Illustrierten und verschiedenen Stiefeln und Schuhen, die in der Diele herumlagen, und fand schließlich das Telefon unter einer Ausgabe des *Leehampton Echo*. Sie wählte die Nummer von ihrem Vater und betete, dass die fiese Rosalie nicht dranging.

»Livi! Engelchen! Wie geht es dir?«

»Gut«, fing Livi an, dann merkte sie, dass sie immer noch das Leerzeichen im Telefon hörte und dass an der anderen Seite niemand abgehoben hatte.

Sie drehte sich um. Hinter ihr stand mit total verstrubbeltem Haar und einem Grinsen von einem Ohr zum anderen ihr Vater.

»Papa! Papa!« Livi ließ den Hörer fallen und fand sich in einer Umarmung wieder. Sie atmete tief seinen Duft ein, Sandelholz-Aftershave mit einem Hauch der Drops, die er immer beim Autofahren lutschte. Sie spürte Tränen hinter ihren Lidern piksen und merkte, dass sie ihn noch mehr vermisst hatte, als ihr bewusst gewesen war.

»Freust du dich?«

Livi nickte und lachte immer noch.

»Na, du wirst dich noch viel mehr freuen, wenn du meine Neuigkeiten hörst.« Er hielt sie auf Armeslänge von sich weg und sah sie von oben bis unten an. »Du siehst ja noch hübscher aus als sonst, Livi – du brichst wohl die Herzen aller Jungs, rechts, links und überall, was? Jedenfalls würde mich das nicht wundern.«

Schön wär's, dachte Livi.

»Welche Neuigkeiten?«, fragte sie eifrig und folgte ihm in die Küche. Vielleicht hat Rosalie ihn rausgeworfen und er kam wieder zurück, um hier bei ihnen zu wohnen. »Was ist es, Papa?«

Ihr Vater hielt die Hand hoch. »Nein, noch nicht – wir warten, bis deine Mutter zurückkommt.«

»Ist sie nicht hier?« Livi sah verwirrt aus. »Wie bist du dann reingekommen?«

Ihr Vater steckte die Hand in die Hosentasche und zog einen Schlüssel heraus, den er in der Luft schwenkte.

»Ich habe immer noch den Haustürschlüssel. Schließlich ist es ja teilweise mein Haus.« Er hob den Deckel von der Teekanne und ließ zwei Teebeutel hineingleiten. Livi fühlte sich wunderbar gemütlich, als sie ihm dabei zusah, wie er alltägliche Dinge hier im Haus tat, so wie früher auch.

»Weißt du, wann sie wieder zurück sein wird?«, fragte Mike und es klang ziemlich erwartungsvoll in Livis Ohren.

»Wart einen Moment«, sagt Livi. »Normalerweise lässt sie mir einen Zettel da.«

Sie rannte zurück in die Diele und sah unter der daumenlutschenden Elfe nach und da lag auch der Notizzettel mit dem schrägen Gekrakel ihrer Mutter.

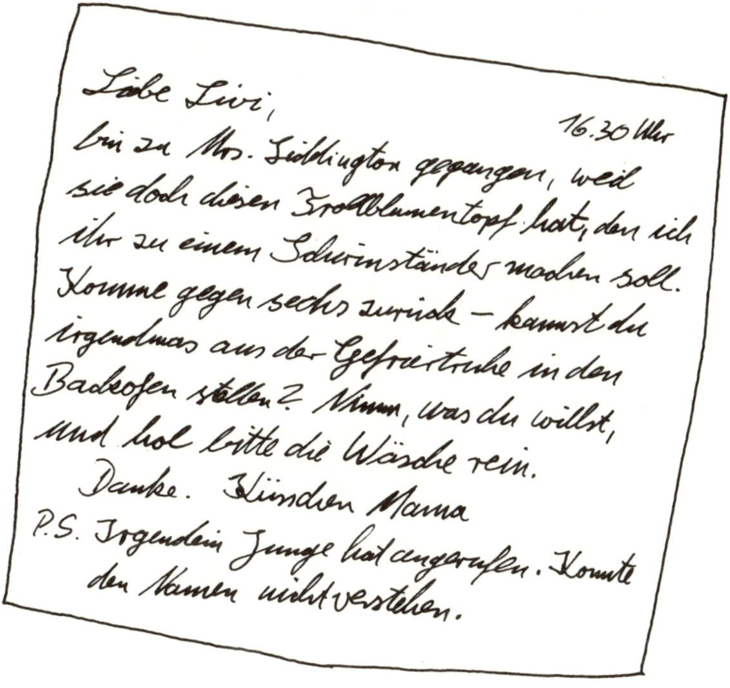
Liebe Livi,
16.30 Uhr
bin zu Mrs. Liddington gegangen, weil sie doch diesen Trollblumentopf hat, den ich ihr zu einem Schirmständer machen soll. Komme gegen sechs zurück – kannst du irgendwas aus der Gefriertruhe in den Backofen stellen? Nimm, was du willst, und hol bitte die Wäsche rein.
Danke. Küsschen Mama
P.S. Irgendein Junge hat angerufen. Konnte den Namen nicht verstehen.

Na toll, dachte Livi. Sie kann sich an alle Arbeiten erinnern, die ich machen soll, aber einen Namen aufzuschreiben, das ist zu viel für sie. Vielleicht war es Adam, der angerufen hatte, weil er ihr gestehen wollte, dass Abigail doch nicht die Richtige für ihn war, sondern dass es die ganze Zeit Livi gewesen war. Aber wenn sie jetzt an Adam dachte, dann sah sie irgendwie Ryans sonnengebräunte Wangen und seine hinreißenden Augen. Und außerdem – im Moment war das auch völlig egal. Ihr Vater war hier.

Aus der Küche war eine laute Imitation von Elvis' »Blue Suede Shoes« zu hören. Mike Hunters musikalische Begabung war noch ein Talent, das er seiner Tochter vererbt hatte. Aber anders als Livi, die ihre Klavier- und Oboeprüfungen zwar mit großer Leichtigkeit bestand, doch nicht gern vor Publikum auftrat, zeigten sich Mikes Begeisterung und Liebe für das Rampenlicht in seiner Leidenschaft für die E-Gitarre und das Singen von Rocksongs aus den Fünfzigern und Sechzigern. Seine Spezialität waren Imitationen von Elvis Presley, die Livi unglaublich peinlich fand, besonders wenn er sie in Hörweite irgendeiner ihrer Freundinnen von sich gab.

»Maiii bluuhh suehhd ...«

Livi grinste und machte die Küchentür auf.

»Sie kommt um sechs zurück«, verkündete sie dann.

Mike unterbrach sich mitten im Refrain und warf einen Blick auf seine Uhr.

»Du bleibst doch zum Abendbrot, ja, Papa?«, fragte sie schnell und suchte in der Gefriertruhe nach etwas Leckerem.

»Ich weiß nicht recht.« Ihr Vater zögerte.

»Ach bitte«, bettelte Livi. »Du warst schon seit Ewigkeiten nicht mehr hier«, setzte sie vorwurfsvoll hinzu.

Mike sah aus, als ob er sich nicht wohl fühlte, und rührte in seinem Tee.

»Ich müsste eigentlich weiter – ich hab so viel zu tun mit dem Umzug und ...«

Er unterbrach sich.

Livi richtete sich auf, eine Packung Nasigoreng in der Hand.

»Umzug?«

Ihr Vater schlug sich in gespieltem Entsetzen die Hand vor den Mund.

»Na bitte, da hab ich ja schon die Katze aus dem Sack gelassen«, sagte er. »Na ja, jetzt kann ich's dir auch genauso gut gleich sagen – wir können ja deine Mutter dann in alles einweihen, wenn sie zurückkommt. Setz dich, Schätzchen.«

Livi warf die Packung Nasigoreng zurück in die Truhe und setzte sich auf einen Stuhl.

»Was würdest du sagen, wenn ich dir mitteilen würde, dass ich zurück nach Leehampton ziehe?«

Livi quietschte vor Entzücken.

»Oh Papa, das ist ja super!« Sie sprang wieder auf und umarmte ihn. »Oh, ich habe so gebetet und gebetet, dass du wieder zurückkommen würdest!«

Ihr Vater grinste.

»Das wär doch toll, nicht wahr?« Er knöpfte seine Manschetten auf und rollte die Hemdsärmel hoch. »Du fehlst mir so schrecklich und dann brauch ich auch nicht mehr stundenlang mit dem Auto hin- und herzufahren, wenn ich dich sehen will.«

Sekundenlang dachte Livi darüber nach, dass es eigentlich nicht so wahnsinnig viel Hin- und Herfahren gegeben hatte. Doch sie verbat sich sofort solche unloyalen Gedanken. Papa kam nach Hause, weil er sie vermisste, und nur das war wichtig.

»Genial!« Livi dachte, sie müsste platzen vor lauter Glück. »Aber was ist mit deinem Job?«, fragte sie hastig, weil sie sich daran erinnerte, wie viele der früheren Streitereien sich darum gedreht hatten, dass ihr Vater seine

Arbeitsplätze so häufig wechselte wie die meisten Männer ihre Socken.

»Ach, weißt du«, sagte ihr Vater und betrachtete mit höchster Aufmerksamkeit das Muster auf der Tischdecke, »ich war eigentlich gar nicht so optimal geeignet für diesen Posten als Spielzeugverkäufer.« Er machte eine Pause. »Und da hab ich mir halt kündigen lassen – so kann ich mal was Neues ausprobieren«, setzte er großspurig hinzu, »und außerdem wieder öfter mit dir zusammen sein.«

»Also bist du arbeitslos?« Livi dachte, dass sie am besten nicht groß drum herumreden sollte.

»Zeitweilig«, gab ihr Vater zu und stand auf, um ihr Tee einzugießen. »Aber das ist doch klar, wenn ich erst mal wieder hier bin und in der Nähe von meinen alten Kollegen, dann werde ich ruck, zuck was viel Geeigneteres finden.« Er schnalzte mit dem Finger, womit er die Leichtigkeit betonen wollte, mit der er hier eine Stellung finden würde.

Livi durchlebte eine Schrecksekunde, als sie sich das Gesicht ihrer Mutter vorstellte, wenn die herausfand, was bevorstand. Mike kam nach Hause und hatte keine Arbeit. Sie hoffte, dass ihre Mutter ihm deshalb keine Szene machen würde; das Wunderbare war ja, dass Mama und Papa wieder zusammen sein würden und alles wieder so sein würde wie früher. Livi war so aufgeregt, dass sie nicht wusste, ob sie lachen oder weinen sollte.

»Wann ziehst du um?«, fragte Livi. Jetzt war die Entscheidung gefallen und sie wollte ihn so rasch wie möglich aus den Krallen der fiesen Rosalie befreit sehen. »Du könntest schon heute Abend zurückziehen – dein Zimmer ist immer noch wie damals, nur dass Mama zwei Dutzend lackierte Feen da drin trocknet.« Sie kicherte. »Die kann sie aber schnell rausholen«, fügte sie eilig hinzu, weil ihr Vater nicht denken sollte, dass man ihm sein Zimmer weggenommen hatte.

Mike sah verwirrt aus.

»Ich glaube kaum, dass deine Mutter Rosalie und mich hier ... Oh Livi, du hast doch nicht geglaubt, dass ich *hierher* zurückkomme, in *dieses* Haus, oder?«

Livi schluckte. Genau das hatte sie gedacht. Papa zurück, hierhin, wohin er gehörte. Sie brachte keinen Ton heraus, aus Angst, sie würde losheulen. Ihr war so, als ob aller Schwung, alles Glück und alle Begeisterung von eben durch ihre Füße davongeflossen waren.

»Nein, mein Schätzchen – wir ziehen beide hierher. Wir haben ein hübsches Haus gefunden, das wir mieten wollen, und morgen ziehen wir da ein. Wir wollten beide nicht länger in Runcorn leben.«

Er sah ihr entgeistertes Gesicht. »Na ja, ich glaube kaum, dass irgendjemand langfristig in Runcorn leben will.« Er lachte in einem Versuch, sie wieder zum Lächeln zu bringen.

Livi biss sich auf die Lippe und drehte sich weg. Langfristig. Das klang, als ob Papa überhaupt keine Absicht hatte, jemals wieder nach Hause zu kommen. Langfristig hörte sich an wie: endgültig. Livi wurde die Kehle eng und ihr war auf einmal ganz schlecht. Wie konnte er nur?

»Du sollst mit ihr überhaupt nirgendwo langfristig sein!«, brüllte sie. »Du sollst hier sein! Mama ist immer noch deine Frau, verdammt noch mal, und wenn du mich wirklich lieb hättest, dann wärst du die ganze Zeit hier und hättest dich nicht mit irgendeiner billigen Tussi zusammengetan!«

»Livi!« Mike stand auf und bekam ein knallrotes Gesicht. »Sprich nicht so über Rosalie! Schließlich ist es wegen ihr, dass ...«

»Ich spreche über Rosalie genau so, wie ich will!«, schrie Livi. »Ich hasse sie! Ich wünschte, sie wäre tot!«

Und damit heulte sie los. Ihr Vater schob seinen Stuhl zurück, kam zu ihr und nahm sie in die Arme. Aber sie stieß ihn fort.

»Lass das!«, brüllte sie und ihre Enttäuschung brach sich jetzt in einem großen Wutausbruch Bahn. »Du meinst das ja gar nicht ernst! Du hast mich gar nicht lieb!«

»Doch, Livi, doch, und das musst du mir glauben«, bat ihr Vater, während er sich über die Haare strich. »Hör mal, bitte, hör doch nur mal kurz zu. Da ist noch mehr. Es ist nämlich so, dass Rosalie ...«

»Warum soll ich zuhören? Ich will nichts hören, was mit dieser grässlichen Frau zu tun hat!« Livi wischte sich eine Träne von ihrer Wange.

»Ich weiß, das war alles hart für dich, mein Schätzchen, aber wie hättest du es denn lieber: mich und Rosalie hier, wo du und ich was zusammen unternehmen und Spaß haben können, oder ich und Rosalie zweihundert Meilen weit weg, wo wir immer nur ein paar Stunden an irgendeinem Sonntag ab und an zusammen verbringen können?«

Livi schwieg. Was sie wirklich wollte, war, ihren Vater, hier bei ihnen, die ganze Zeit, und keine Rosalie auf dem ganzen Planeten. Sie wollte ihren Vater zu Hause, wo er hingehörte, aber sie merkte mit einer Übelkeit erregenden Gewissheit, dass das wohl nicht zur Debatte stand.

»Livi?«

Eine dicke Falte hatte sich inzwischen in seine Stirn gegraben und er hatte den gleichen Gesichtsausdruck wie damals, wenn er zu spät aus der Kneipe zum Sonntagsessen kam und ihre Mutter darüber sauer war. Livi war wütend auf ihn. Sie fand es gemein, was er ihnen beiden antat. Aber sie hatte ihn so lieb, dass es wehtat.

»Ich will dich so oft sehen wie nur irgend möglich«, gestand sie.

Die Schultern ihres Vaters entspannten sich sichtlich und er lächelte sie liebevoll an.

»Dann wollen wir uns doch darauf freuen, ja? Wenn du Rosalie erst mal besser kennen lernst, dann wirst du sie auch mögen. Da bin ich mir ganz sicher.«

Das denkst auch nur du, dachte Livi, aber sie schwieg. Sie fummelte an dem Zipfel vom Tischtuch herum. Es wäre aber trotzdem ganz schön, wenn Papa wieder in der Nähe war, und Mama wäre natürlich – wenn sie ihre Karten richtig ausspielte – hier in einer viel besseren Position, um ihm zu beweisen, dass es für ihn viel schöner wäre, wenn er wieder mit ihnen leben würde. Bei diesem Gedanken war Livi wieder etwas leichter ums Herz. Sie müsste ihrer Mutter mal gut zureden, damit sie einsah, dass sie sich ihm endlich als die Verkörperung dessen präsentieren sollte, was Clarissa Carradine die weibliche Mystik nannte.

»Weiß Mama schon Bescheid?«, fragte sie ihren Vater.

»Weiß Mama was?« Judy Hunter erschien in der Tür, mit zwei vollen Einkaufstüten in den Armen, und sah sehr erhitzt aus. Sie warf Mike einen Blick zu, wurde blass, lächelte aufgeregt und holte tief Luft.

»Hallo, Mike. Was machst du denn hier?«

»Hi, Judy.« Mike stand auf und gab ihr einen Kuss auf die Wange. Er sah zu Boden. »Du siehst gut aus.«

Er mag sie immer noch, dachte Livi hoffnungsvoll. Judy sagte nichts. Sie betrachtete misstrauisch Livis gerötetes Gesicht und ihre glänzenden Augen.

»Gibt's noch Tee in der Kanne, Livi? Diese Mrs. Liddington schafft es, dass sogar ein Heiliger die Geduld verliert.«

Livi ergriff die Kanne und goss ihr Tee ein, obwohl sie dachte, dass ihre Mutter wohl etwas Stärkeres als einen Tee brauchen würde, wenn ihr Vater erst mal seine Mitteilung gemacht hatte.

Mike räusperte sich nervös.

»Ich war gerade hier in der Gegend und da bin ich – äh, hereingeschneit, weil ich Livi ein paar Neuigkeiten mitteilen wollte.«

Livi beobachtete ihn. Er schien sich jetzt irgendwie nicht mehr so wohl zu fühlen, jetzt, wo ihre Mutter auch in der Küche war, wirkte er irgendwie kleiner. Das war seltsam, wenn man bedachte, dass Papa fast ein Meter neunzig war und die Figur eines Zehnkämpfers hatte, und Mama war nur ein Meter fünfundsechzig und sah aus, als ob ein leichter Windhauch sie wegpusten könnte.

»Oh, ja?«

»Ich ziehe zurück nach Leehampton«, sagte Mike ganz schnell.

Livi sah, wie die Augen ihrer Mutter sich weiteten und glänzten.

»Mit Rosalie«, fügte Mike hinzu.

Langsam ließ Judy die Augenlider sinken und ihr Gesicht verschloss sich. In diesem Augenblick entdeckte Livi, dass der Schmerz eines anderen Menschen sich genauso schrecklich anfühlen kann wie der, den man selber fühlt.

»Neuer Job?«, fragte ihre Mutter resigniert.

»Na ja, nein. Eigentlich hab ich mich freiwillig kündigen lassen – der Job hat mir eh nicht besonders gelegen –, meine Fähigkeiten liegen auf einem ganz anderen Gebiet …«

»Also bist du arbeitslos.« Das war keine Frage.

»Na ja, momentan schon, aber ich habe eine Menge Eisen im Feuer und die Bezahlung ist hier auch viel besser«, schwafelte Mike. »Und die Abfindung, die ich bekommen habe, war auch nicht schlecht – ich werde dir davon auch etwas abgeben können«, setzte er eifrig hinzu, wie ein kleiner Junge, der erzählt, dass er demnächst mit Zeitungaustragen Geld verdienen kann, um die Leute von der zerbrochenen Fensterscheibe abzulenken.

»Danke«, sagte Livis Mutter dumpf. »Das würde helfen.« Sie beschäftigte sich dann mit dem Auspacken der Einkäufe.

Es gab ein ungemütliches Schweigen.

»Äh, na ja, ich muss dann wieder los«, sagte Mike schließlich. »Hör mal, Livi, wie wäre es, wenn wir am Samstag zusammen Essen gingen?«

Livi knabberte an ihrer Lippe. Sie würde gern mehr Zeit mit ihrem Vater verbringen, schon allein, weil sie ihm klarmachen wollte, dass er sich mit der fiesen Rosalie auf dem Holzweg befand. Aber sie merkte, wie unglücklich ihre Mutter jetzt war. Sie sah den steifen Rücken ihrer Mutter und fühlte, wie sich die Sympathie in Wut verwandelte. Warum tat Judy nicht endlich etwas! Sie sollte etwas sagen, brüllen, zetern, irgendwas, um Papa zu beweisen, wie sehr sie ihn liebte. Aber stattdessen schwieg sie und packte ordentlich

Dosen und Suppentüten in den Küchenschrank. Papa würde glauben, dass sie sich gar nichts aus ihm machte.

»Mama?«

Ihre Mutter antwortete, ohne sich umzudrehen.

»Ich werde den ganzen Samstag über auf dem Kunstmarkt in Kettleborough sein. Geh also ruhig und amüsier dich gut«, sagt sie mechanisch.

Livi sah ihren Vater an, der am Schrank lehnte und auf ihre Antwort wartete. Sie dachte an Hayley und daran, was die gesagt hatte. Wenn Eltern dich so behandeln, dann sollte man die Situation voll ausnutzen.

»Okay, ich komme mit«, sagte Livi so lässig, wie sie konnte. »Aber du musst mich um fünf nach Hause bringen. Geht das in Ordnung?«

»Spricht nichts dagegen«, sagte ihr Vater erleichtert, dass das Gespräch sich jetzt den alltäglichen Dingen zugewandt hatte. »Du hast eine Verabredung, ja?« Er gab ihr einen Schubs mit dem Ellenbogen und blinzelte wissend.

»Ich will mit meinen Kumpels abends weggehen«, sagte sie und ihr gefielen diese Worte, weil sie sich so anhörten, als ob sie zu einer Clique gehörte.

»Das wusste ich ja noch gar nicht«, sagte ihre Mutter überrascht.

»Na ja, jetzt weißt du's eben«, sagte Livi schnippisch und fand sich sofort gemein, weil sie ihre ganze Enttäuschung und Wut jetzt an ihrer Mutter ausließ.

»Olivia! Ich wäre dir sehr dankbar, wenn du nicht in diesem Ton mit mir reden würdest!«, sagte Judy scharf.

»Livi! Du sollst mit deiner Mutter nicht so reden!«, polterte ihr Vater zur gleichen Zeit los.

Na toll, dachte Livi, ihr zwei streitet euch seit Wochen

ohne Ende, aber ihr seid euch immer noch wunderbar einig, wenn ihr auf mir rumhacken könnt. Keiner von euch kümmert sich auch nur das Geringste darum, wie es mir innen drin geht. Dann fiel ihr wieder Hayleys Trick sein, wie man für sich das Beste daraus machte.

»Tut mir Leid, Mama«, sagte sie unterwürfig und sah unter ihren langen Wimpern hoch. »Es ist nur ...«, ihre Stimme wackelte, »... ich bin so durcheinander.«

Ihre Mutter warf ihr einen wissenden Blick zu, aber ihr Vater legte eine Hand auf ihre Schulter.

»Ich weiß, mein Schätzchen, ich weiß, wie's dir geht.«

Den Teufel tust du, dachte Livi.

»Hayley hat mich am Samstag eingeladen, mit in den *Stomping Ground* zu gehen«, sagte sie sehnsüchtig. »Aber vielleicht kann ich nicht mit.«

»Warum nicht? Das wird dir Spaß machen – ist das nicht diese schrille Disko in der City?«, sagte ihr Vater, der Wert darauf legte, dass er sich immer jung und gut informiert anhörte.

»Genau diese Disko. Aber dazu braucht man Klamotten, die ich nicht habe«, sagte sie traurig. »Könntest du mir vielleicht ein bisschen Geld geben, Papa?«

Mike sah Judy an, die sich jetzt mit äußerster Konzentration dem Inhalt des Kühlschranks widmete.

»Warum denn nicht?« Er holte seine Brieftasche hervor. »Es ist an der Zeit, dass dein alter Papa dir mal einen ausgibt, nicht wahr?«

Livi nahm den gereichten 20-Pfund-Schein.

Ja, dachte sie kalt, es ist an der Zeit.

»Danke, Papa – du bist ein Klassetyp«, sagte sie und setzte ein, wie sie hoffte, gewinnendes Lächeln auf.

Livi macht aus ihren Gefühlen kein Geheimnis

Nachdem Livi ihrem Vater zum Abschied hinterhergewinkt hatte, während er in einer Abgaswolke mit seinem zerbeulten Auto die Silverdale Road entlangfuhr, ging sie zurück in die Küche. Sie wollte jetzt ganz lieb zu ihrer Mutter sein.

Die saß am Küchentisch und hatte den Kopf in die Hände gestützt.

»Mama …«, fing Livi vorsichtig an und legte ihr einen Arm um die Schulter.

Judy sprang auf die Füße und sah Livi wütend an. Unter ihrem rechten Auge war ein Mascarafleck und ihre Nase sah rosa aus.

»Ich habe dich ausdrücklich gebeten, etwas zum Essen in den Backofen zu schieben – wo ist das?«

Mist, dachte Livi. Dumm gelaufen.

»'tschuldigung, hab ich vergessen«, sagte sie. »Ich hab mit Papa gesprochen und …«

»Ach, ja? Na, das erklärt ja alles, nicht wahr?«, fauchte ihre Mutter, öffnete die Tiefkühltruhe und wühlte darin herum. »Schließlich ist ja das Plaudern mit deinem Vater viel aufregender, als mir irgendwie zu helfen! Ganz zu schweigen davon, dass ich die letzten zwei Stunden dieser schrecklichen Liddington in den Hintern kriechen und mir ihre abstrusen Ideen über Innenarchitektur anhören musste, nur damit ich endlich einen mageren Auftrag kriege und die Steuern bezahlen kann. Ganz zu schweigen davon, dass ich völlig erschöpft bin und mich einfach nur hinsetzen möchte und mir nicht noch den Kopf über das Essen zerbrechen will und …«

»Tut mir Leid, ich mach uns was …«, sagte Livi tröstend. Aber Judy war jetzt stinkewütend und nicht mehr zurückzuhalten.

»Und die Wäsche? Hast du die reingebracht? Natürlich nicht, weil Papa ja hier war und du alles vergessen hast! Nichts in deinem Leben ist so wichtig wie dieser Papa, nicht wahr?«

Livi hatte langsam keine Lust mehr auf Liebsein.

»Nein!«, brüllte sie und vergaß ganz, dass sie sauer auf ihren Vater war. Jetzt wollte sie ihn nur noch verteidigen. »Nein, er ist auch das Allerwichtigste! Du hast ja nicht mal versucht, nett zu sein, oder? Du hättest doch mal richtig freundlich sein und dich um ihn kümmern können und dann hätte er sich's vielleicht noch mal überlegt, ob er bei dieser fiesen Rosalie blieb – aber du gibst dir überhaupt keine Mühe! Du sagst mir, dass du ihn liebst, aber ihm sagst du das nie. Ich glaub dir kein Wort mehr!«

Judy öffnete den Mund und wollte etwas sagen, aber Livi ließ ihr keine Möglichkeit dazu.

»Papa wird wieder hier in Leehampton wohnen und du hast deine beste Chance vermasselt, dass du ihn wieder zurückbekommst, und alles, worüber du dir den Kopf zerbrichst, ist die blöde Wäsche! Freust du dich denn kein bisschen?«

Judy strich sich mit der Hand müde über ihre Stirn.

»Für dich? Ja, natürlich. Ich weiß ja, wie sehr du ihn vermisst hast, und für dich wird es bestimmt schön sein, wenn er in der Nähe wohnt. Aber für mich? Nein. Nein, ich freu mich nicht.«

Sie biss sich auf die Lippe und schluckte.

»Ich freu mich nicht, dass ich jetzt jeden Tag Gefahr laufe, in der Fußgängerzone auf Rosalie zu treffen, oder die zwei in der Stadt rumfahren sehe. Ich freue mich nicht, dass der Mann, den ich liebe, so vulgär ist und diese – seine Geliebte mitbringt, dass er hier direkt vor unserer Tür mit ihr leben wird.«

Sie seufzte.

»Alles in allem ist es wohl so, dass ich einfach nicht froh darüber sein kann, dass sie ihn hat und nicht ich.«

Judy sah aus, als würde sie gleich losweinen und Livi hatte Schuldgefühle, weil sie so rumgebrüllt hatte. Sie hatte nicht an die Möglichkeit gedacht, dass ihre Mutter von nun an mit Rosalie zusammentreffen könnte. Sie nahm die Hand ihrer Mutter.

»Dann kämpf doch um ihn«, drängte sie, diesmal aber freundlicher. »Das musst du tun – nicht einfach alles so hinnehmen. Du hättest ihm sagen können, dass du ihn lieb hast, du hättest ihn bitten sollen zurückzukommen. Du hättest ihm versprechen müssen, dass die Dinge von jetzt an anders werden. Du hast dich überhaupt nicht so angehört, als ob es dir was ausmachte«, fügte sie anklagend hinzu.

Judy schwieg.

»Von jetzt an, Mama, musst du ihn richtig bearbeiten«, fuhr Livi eindringlich fort. »Du musst ihm das Gefühl geben, dass er für dich der wichtigste Mensch auf der ganzen Welt ist, du musst Vorwände finden, damit du ihn besuchen kannst, dafür sorgen, dass du immer einen Nusskuchen hier stehen hast, wenn er mal zu Besuch kommt ...«

Ihre Mutter hob müde die Hand.

»Livi, ich weiß, du meinst es gut, das weiß ich wirklich – und ich weiß, dass du noch nicht verstehen kannst, was damit alles zusammenhängst – aber wärst du so lieb und würdest mir einen Gefallen tun?«

»Welchen denn?«, fragte Livi beleidigt, weil sie dachte, dass sie jetzt wieder mal ein Omelett für das Abendbrot machen sollte.

»Lass mir ein kleines bisschen Würde«, sagte Judy, stand auf und verließ die Küche.

Livi ging hinüber zum Klavier, setzte sich hin und spielte einen irischen Volkstanz. Aber sie konnte sich nicht konzentrieren, sie musste immer noch über die verfahrene Situation nachdenken.

Und sie konnte weder ihren Vater noch ihre Mutter verstehen.

Lauter Probleme

Livi hatte am nächsten Tag keine Zeit, über die Fehler von ihren Eltern nachzudenken, weil so viele andere Überlegungen ihre Aufmerksamkeit erforderten.

Sie hatte Sarah angerufen, bevor sie zur Schule ging, ihr von dem Zusammentreffen mit dem hinreißenden Ryan erzählt und sie dringend darum gebeten, seinen Liegeplatz rauszukriegen und ihr mitzuteilen. Sarah, die sich jeder Herausforderung bereitwillig stellte, versprach, dass sie auf dem Treidelpfad die Augen aufhalten wollte. Doch sie brauchte dazu auf jeden Fall eine genaue Beschreibung und eine ausgeklügelte Strategie und schlug vor, dass Livi und sie sich nach der Schule treffen und das mit allen Einzelheiten planen sollten. Das hob Livis Laune beträchtlich; mit Sarah an der Seite und deren Hilfe war ein nächstes Zusammentreffen mit Ryan so gut wie vorherbestimmt.

In Gedanken war sie auch noch damit beschäftigt, dass sie bei der Schulversammlung mit dem Klavierspielen dran war. Das bedeutete, dass sie eine halbe Stunde früher aufstehen musste als sonst, um vorher zu üben, und dann konnte sie nicht frühstücken, weil Schwadronen von Schmetterlingen in ihrem Bauch herumflatterten. Es war dabei völlig bedeutungslos, dass sie gerade mit größter Leichtigkeit die sechste Musikprüfung bestanden hatte und alle möglichen Lieder mit geschlossenen Augen und einer Hand hinterm Rücken spielen konnte; schon allein bei dem Gedanken, dass sie auf der Plattform sitzen musste und alle Augen sie anschauen würden, wurde ihr schlecht. Wenn sie erst einmal angefangen hatte, trug die Musik sie immer weiter und es war dann, als ob außer ihr niemand in dem Raum wäre; aber wenn sie vorher daran dachte, verdarb ihr das den Appetit auf ihr Müsli. Jede Woche versuchte sie sich zu drücken, aber Ge-Ge (offiziell: Direktor Golding) hatte gesagt, dass darstellende Fähigkeiten zur allgemeinen sozialen Entwicklung dazugehörten, und das war der Direktorsspruch für: Du spielst und Miss Sterry kann sich den Morgen frei nehmen und ihre Mutter zum Arzt begleiten.

Nach der üblichen aufmunternden Rede zum Wochenende von Ge-Ge, dass sich alle bei sportlichen Ertüchtigungen verausgaben sollten, damit sie am Montag wieder für die harte geistige Arbeit fit wären, und nach einer Reihe von Ankündigungen über verlorene Hockeyschläger, und dass man freundlicherweise seinen Kaugummi nicht unter das Fensterbrett im Zeichensaal kleben sollte, holte der Direktor tief Luft und strahlte die versammelte Menge an.

»Und jetzt«, sagte er, »habe ich noch unglaublich aufregende Neuigkeiten.«

Das hatte keine Reaktion bei seinem Publikum zur Folge, denn Ge-Ge's Vorstellung von aufregenden Neuigkeiten beinhaltete gewöhnlich die Installation einer neuen Feueralarmsirene oder den drohenden Besuch eines staubtrockenen Schulrats.

»Wie ihr wisst, nähern wir uns ja dem 200-jährigen Schuljubiläum – das bedeutet immerhin abertausende von glücklichen Bellborough-Absolventen«, witzelte er. »Und um diese besondere Gelegenheit zu feiern, werden wir ein Jubiläumsfest gestalten.«

»Juhu!«, knurrte ein schlecht beratener Schüler, was ihm einen wütenden Lehrerblick und die Aufforderung einbrachte, nach der Schulversammlung in das Büro des Rektors zu kommen.

»Eure Klassenlehrer werden euch mit unseren verschiedenen Plänen vertraut machen – eine Kunstausstellung, eine Sonderausgabe der Bellborough-Schulzeitung usw. –, aber es gibt einen ganz besonderen Aspekt unserer Geschichte, den ich unter allen Umständen berücksichtigt sehen möchte.«

Eine Anzahl von Popos schob sich gelangweilt auf dem harten Boden hin und her und eine Reihe von Papierfliegern machte einen kurzen Flug über den Gummibaum am Fuß des Podiums. Mr. Golding fixierte die Schuldigen mit der Art Blick, mit der man wilde Tiere auf Entfernung von zwanzig Schritt lähmen kann, und fuhr fort.

»Ihr werdet ja wissen, dass unser Gründer, Sir Ambrose

Bellborough, eine Schule für Waisen und die Kinder von armen Familien einrichten wollte, die sonst keinerlei Bildung erhalten hätten.«

Er machte eine Pyramide aus seinen Fingern und berührte mit den Fingerspitzen seine Nasenspitze: Livi dachte, dass alle Akademiker diese Geste machten, wenn sie überlegten, was sie als Nächstes sagen sollten.

»Wenn wir diesen Aspekt unserer Geschichte auf unserem großen Fest ausließen, hieße das, wir würden die Rolle des großen Menschenfreunds leugnen, die Sir Ambrose in unserer Schule gespielt hat.«

Noch mehr Porutschen, diesmal begleitet von Husten, Flüstern und einer Reihe von Armbanduhrweckern, die alle gleichzeitig losschrillten.

»Und deshalb«, erklärte Ge-Ge, »soll die Hauptveranstaltung während unseres Festjahres ein Musical sein, an dem die gesamte Schule teilnehmen wird. Dazu bitte ich den neunten Jahrgang, in einer Mischung aus Texten und Musik von der Gründung der Bellborough-Court-Schule zu erzählen, von den Anfängen in der Dachkammer einer Fabrik in Leehampton bis zu ihrem Umzug in diesen« – Ge-Ge unterbrach sich und wies mit einer großartigen Armbewegung in die Halle – »ehemaligen Landsitz der Bellboroughs in Leehampton.«

Mr. Golding schloss kurz seine Augen, als ob er die großartige Bedeutung seiner Worte genießen wollte, während sich ein leises Summen hinten im Saal bemerkbar machte, eine Mischung aus dem Stöhnen derjenigen, die die ganze Idee total bescheuert fanden, und der Begeisterung der Hand voll von Möchtegern-Keeanu-Reeves und Kate Winslets, die darin ihre große Chance sahen.

Ge-Ge klopfte mit der Hand auf sein Rednerpult.

»Ich bitte unsere zwei Musikstipendiaten aus dem Jahrgang neun, Luke Cunningham und Olivia Hunter, die Verantwortung für die Aufführung zu übernehmen. Mit ein wenig Anleitung von den Musiklehrern, natürlich«, schloss er.

Livi, die während des Gelabers von Ge-Ge den Zustand ihrer Fingernägel betrachtet hatte, sprang beim Klang ihres Namens hoch und ein paar Leute lachten. Sie merkte, wie sie einen roten Kopf bekam, und fing an in ihren Notenblättern herumzusuchen – ein kläglicher Versuch, lässig zu wirken.

»Und jetzt, Olivia, die nächste Musik bitte«, forderte Mr. Golding sie auf.

Livi schnappte ihre Notenmappe und die Blätter flatterten über den ganzen Fußboden. Noch mehr Gelächter.

Als sie alle ihre entflogenen Blätter eingesammelt hatte und endlich den Seashanty Nr. 4 spielte, zitterten ihre Hände und ihr wäre es am liebsten gewesen, wenn sich der Boden unter ihr geöffnet und sie verschlungen hätte. Sie machte fünf Fehler bei den ersten elf Takten, was ihr noch nie zuvor passiert war.

Ein Musical! Das konnte sie nicht, sie konnte nicht gut organisieren. Und wenn sie es recht bedachte, konnte Luke das auch nicht. Er war ein phantastischer Musiker, aber er brauchte mittags zehn Minuten für die Entscheidung, ob er Suppe oder Salat nehmen sollte. Mr. Golding hatte hier eine völlig unsinnige Wahl getroffen. Das musste sie ihm sagen. Er musste irgendjemanden anderen dafür benennen. Wenn Sarah hier gewesen wäre, dann wäre die Wahl bestimmt auf sie gefallen. Sie konnte alles organisieren.

Als Livi über den Schulhof ging, um ihre Noten im Spind wegzuschließen, sah sie ihre halbe Klasse um Abigail versammelt, die an einer silbernen Halskette herumfummelte und äußerst selbstzufrieden wirkte.

»Hi, Livi!«, schnurrte sie. »Ich hab grad allen gezeigt, was Adam mir geschenkt hat.« Sie hob ihr Kinn und lächelte Livi auf eine herausfordernde Art an. »Als Beweis für seine Liebe«, fügte sie triumphierend hinzu.

Livi merkte, wie sie schon wieder einen roten Kopf bekam. Die meisten aus dem neunten Jahrgang wussten, wie verschossen sie in Adam gewesen war, und sie war sich sicher, dass alle jetzt neugierig auf ihre Reaktion warteten.

»Sehr hübsch«, murmelte sie und dachte unglücklich daran, dass alles, was Adam ihr jemals gekauft hatte, eine Tüte Popcorn bei einem Kinobesuch gewesen war.

»Ja, nicht wahr?«, krähte Abigail und strich eine Strähne von ihrem kastanienbraunen Haar zurück, schlang daraus einen Knoten und steckte ihn mit einer hölzernen Spange fest. Dies hatte eine zweifache Wirkung: Einmal zeigte es ihren schlanken Hals und die bewunderte Halskette und zum anderen machte es Livi noch neidischer, als sie schon zuvor gewesen war.

Abigail war genauso, wie Livi gern gewesen wäre, und sie wusste, dass sie das nie schaffen würde. Abby sah nicht nur hinreißend aus und hatte eine Modelfigur, sondern sie war auch noch voller Selbstvertrauen, machte nie einen unsicheren Eindruck und nichts war ihr peinlich. Sie würde niemals irgendwo Mist bauen, auch nicht in ihrem Liebesleben. Was Abby Lane wollte, bekam sie auch. Sie hatte sich nie viel um Livi gekümmert, aber seitdem sie mit Adam ging, schien sie ganz wild darauf zu sein, ihr das bei jeder möglichen Gelegenheit unter die Nase zu reiben.

»Die muss ja ein Vermögen gekostet haben«, seufzte Hayley und streichelte die Kette.

Abby grinste.

»Wahrscheinlich findet Adam, dass ich es wert bin«, sagte sie und warf den Kopf zurück. »Ich nehme an« – sie sah Livi viel sagend an –, »er findet eine Freundin toll, die weiß, wie man sich amüsiert. Anders als andere Leute, auf die ich hier zeigen könnte.«

Und indem sie nochmals ihren Kopf zurückwarf, schlenderte sie selbstzufrieden lächelnd davon.

Ein paar der Umstehenden sahen unauffällig zu Livi hinüber, die so auszusehen versuchte, als ob sie das nicht gehört hätte.

»Mach dir nix draus«, flüsterte Hayley. »Das dauert eh nicht lange, du kennst doch Adam. Er hat bestimmt schon nächste Woche eine andere gefunden, die er mit seinem Charme bezaubert.«

Adam war nicht bekannt für eherne Treue.

»Du glaubst doch nicht, dass sie und Adam …«, fing Livi an.

»Natürlich nicht«, versicherte ihr Hayley. »Sogar Abby ist nicht so blöd. Das ist doch nur Gerede.«

Nur Gerede oder nicht, ist ganz egal, dachte Livi. Abby hat jetzt Adam.

Tränen und Versuchungen

Die Schulglocke läutete bereits zur ersten Stunde, als Livi in den Garderobenraum gerannt kam, um ihre Noten wegzupacken. Sie hatte jetzt den verhassten Französischunterricht, was sie reichlich sinnlos fand, da jeder französische Mensch, den sie bisher getroffen hatte, äußerst gut verständliches Englisch sprach.

Livis Lieblingsfächer waren logische Fächer wie Mathematik und Naturwissenschaften, die Regeln hatten, die Sinn machten und sich nie änderten. Noch schlimmer: Heute war Freitag, dann hatten sie immer einen Vorlesetest und da musste man sich wie verrückt konzentrieren, und wie sollte sie sich konzentrieren können, wenn doch jetzt dieses blöde Musical wie ein Damoklesschwert über ihrem Kopf schwebte? Sie holte gerade ihr Französischbuch aus dem Schrank, als sie ein Schniefen hörte.

Sie drehte sich um und sah Adams Zwillingsschwester Tasha, die mit bis zum Kinn angezogenen Knien in der hintersten Ecke des Raumes saß und leise in ein zerknülltes Taschentuch weinte.

»He, Tasha, was ist denn los?« Livi ging hinüber, setzte sich neben sie und legte ihr einen Arm um die Schulter.

»Nichts!« Tasha schob Livis Arm weg und sprang auf die Füße. »Alles in Ordnung – lass mich in Ruhe!«

»Wie du willst!« Livi war beleidigt. »Ich wollte dir doch nur helfen.«

Tasha schluckte. Sie war klein für ihr Alter und sah eher aus wie zwölf als wie vierzehn. Sie hatte riesige tief liegende schwarze Augen, olivfarbene Haut und einen schwarzen Lockenkopf. Ihr herzförmiges Gesicht war tränenüberströmt. Sie war nicht nur viel dunkelhäutiger als ihr Zwillingsbruder, sondern sie war auch in anderer Hinsicht das komplette Gegenstück zu ihm. Während Adam wie verrückt flirtete, dauernd Witze machte und angab wie eine Tüte Mücken, weil er es wieder geschafft hatte, ohne Hausaufgaben durchzukommen, war Tasha sehr still und scheu und hatte noch keine engen Freundschaften geschlossen.

»Ist schon gut, ich hab heute bloß einen schlechten Tag.« Sie versuchte ein schiefes Lächeln. »Ist nichts los, echt, ehrlich. Ich geh jetzt mal lieber in meine Mathestunde.«

Da fiel Livi ein, was Mrs. Wietz Sarah erzählt hatte, als Adam und Tasha vor ein paar Monaten auf die Bellborough gekommen waren. Sie hatte mit dieser merkwürdigen Betonung gesprochen, wie Lehrer das machen, wenn sie wollen, dass man nett zu jemandem ist, aber keine weiteren Fragen stellen soll. Sie hatte damals gesagt, dass die Zwillinge irgendwelche Probleme gehabt hätten und vielleicht Hilfe brauchten. Livi wurde sich bewusst, dass niemand viel über die Reilly-Zwillinge wusste – die beiden luden niemals jemanden zu sich nach Hause ein, wo sie bei ihren Großeltern wohnten, und auch als Livi sich öfter mit Adam verabredete, hatte er nie über seine Familie gesprochen. Vielleicht hatte Tasha ja genauso viel Ärger mit den Eltern wie Livi mit ihren.

Sie gingen zusammen den Korridor entlang und Tasha rieb sich heftig ihre Augen, um alle Tränenspuren zu beseitigen.

»Bist du sicher, dass ich dir überhaupt nicht helfen kann?«

Livi kannte sich aus mit traurigen Gefühlen, aber sie hatte im letzten Schuljahr wenigstens Sarah gehabt, die ihr über die schlimmste Zeit hinweggeholfen hatte. Anscheinend hatte Tasha niemanden, der ihr half.

»Soll ich Adam holen?«, bot Livi an. »Er ist in meinem Französischkurs.«

»Auf keinen Fall!«, wehrte Tasha entsetzt ab. »Und bitte erzähl ihm nicht, dass du mich weinen gesehen hast, ja? Versprich es mir!«, bat sie.

»Ich versprech es dir«, sagte Livi. »Wenn du das wirklich willst.«

»Ja«, bestätigte Tasha. »Ja, genau das will ich.«

Während des Vormittags überraschte Livi sich dabei, wie sie immer wieder über Tasha nachdachte. Sie hatte das Gefühl, dass irgendetwas Schlimmes sie aus dem Gleichgewicht gebracht hatte, aber Livi wusste nicht, was sie jetzt tun sollte. Wenn Sarah hier gewesen wäre, hätte sie natürlich genau gewusst, was man sagen oder tun musste, um Tasha zum Reden zu bringen. Aber Sarah war nicht hier. Vielleicht konnte Livi die Hilfe von irgendjemand anderem organisieren.

»Hast du Tasha gesehen?«, fragte sie Hayley während der Mittagspause.

Hayley verschlang gerade ein riesiges Stück Pizza fast in Lichtgeschwindigkeit und schüttelte den Kopf, da ihr Mund zu voll mit Peperoni war, als dass sie auch nur ein einziges Wort hätte herausquetschen können.

»Wozu brauchst du sie?«, fragte Tamsin, die einen Bananenjogurt löffelte. »Die ist doch eine ziemlich langweilige kleine Pute.«

QUITTUNG

Datum: 07.06.2002 17:05:35 000

Kasse: Administrator

Artikel Menge Preis MwSt

GIRLS/SELBST

1 7,00 7,0%

Summe

Bar

Zurück

MwSt 7,0% 0,46

MwSt 16,0% 0,00

MwSt Summe 0,46

Entgelt: 6,54

Buchhandlung
Otto & Sohn GmbH
Breite Str. 21-22
0421-666002
www.ottoundsohn.de

Tamsin dachte immer, dass jeder, der nicht die Hauptrolle in einem Shakespeare-Stück spielen, den Sportpokal gewinnen und ohne Probleme Spinnen aus dem Waschbecken fischen konnte, ein totaler Versager war.

»Ist sie nicht«, protestierte Livi, »sie ist einfach – schüchtern, glaube ich.«

»Todlangweilig, das trifft es eher«, sagte Abigail gleichgültig, fummelte an ihrem Anhänger herum und schlürfte eine Diätmilch. »Sie ist eine richtige graue Maus. Komisch, wie man als Zwillingsschwester so anders als Adam sein kann!«

»Hey, was ist denn nun mit diesem Musical los?«, fragte Tamsin. »Ich würde gern mal eins von diesen Jane-Austen-Kleidern tragen und auf einer Chaiselongue liegen.«

»Und ich könnte ein hungernder Mensch aus dem Armenhaus sein!«, kicherte Hayley und grub ihre Zähne in ein Cremetörtchen.

»Mit Hüften wie deinen?«, lästerte Abigail. »Das wohl kaum.«

Hayley kriegte einen roten Kopf und schwieg. Livi widerstand der Versuchung, Abigail den Hals umzudrehen.

»Und Livi wird herzzerreißende Verse über arme Waisenkinder deklamieren, die mit Federkielen in ihre Hefte kritzeln müssen!«, mischte sich Mia ein, die gemerkt hatte, dass Hayley sich mies fühlte. »Stimmt's, Livi?«

Livi schüttelte den Kopf.

»Ich werde Ge-Ge sagen, dass ich das nicht machen kann«, verkündete sie. »Er ist verrückt – ich bin doch bei solchem Zeug völlig unbrauchbar.«

»Du spielst phantastisch Klavier«, protestierte Hayley. »Die Hälfte der Zeit brauchst du ja nicht mal Noten.«

»Spielen ist die eine Sache – ein ganzes Musical organisieren etwas ganz anderes«, seufzte Livi. »Das kann ich nicht.«

Niemand sagte etwas. Sie wussten alle aus Erfahrung, dass man Mr. Golding nicht so leicht umstimmen konnte.

Tamsin schob ihren leeren Jogurtbecher zur Seite und schälte sich eine Orange.

»Livi, Hayley hat gesagt, dass du morgen Abend mit in den *Stomping Ground* kommst!« Tamsin wechselte absichtlich das Thema und bei ihr hörte es sich jetzt an, als ob Livis Kommen ein tolles Ereignis wäre, ungefähr so, als würde die Königin von England an der Fischtheke im Supermarkt erscheinen. Livi nickte.

»Toll!«, sagte Tamsin zweifelnd. »Was wirst du anziehen?«

Livi versuchte ganz lässig zu klingen.

»Och, das hab ich noch nicht entschieden.«

Sie hoffte, es hörte sich an, als ob ihr Kleiderschrank so voller toller Klamotten hing, dass das einzige Problem in der Auswahl bestand. Sie machte sich eine geistige Notiz. Ihre zwanzig Pfund morgen früh sofort in diese neue Boutique *Schrill und billig* zu tragen.

»Ich hab ein wahnsinnig tolles neues Spitzenkleid«, sagte Abigail. »Spagettiträger und ein ganz tiefer Ausschnitt – da werden die Leute im *Stomping Ground* die Mäuler aufreißen!«

Livi rutschte das Herz in die Hosen.

»Gehen Abigail und Adam wirklich zusammen dorthin?«, fragte sie Hayley, als Abigail ihre Dose zur Recyclingtonne trug.

»Natürlich«, sagte Hayley. »Wo soll man denn sonst am

Samstagabend in Leehampton hingehen, wenn man noch keine achtzehn ist?«

Livi biss sich auf die Lippe.

»Vielleicht schaff ich es diesmal doch noch nicht«, murmelte sie.

»Was? Du willst diese wahnsinnig eingebildete Abigail wirklich glauben lassen, dass du dich vor einem Vergleich mit ihr drückst? Das kann doch nicht wahr sein!«

Livi zögerte noch, als Abigail wieder zurückgeschlendert kam. »Du gehst doch im Moment mit niemand Bestimmtem, nicht wahr, Livi?« Sie zeigte ein aufgesetztes freundliches Lächeln.

Oh, geh doch hin und ertränk dich in einem Ölfass, dachte Livi.

»Na ja, da gibt es so 'nen Typen, den ich getroffen habe«, sagte sie wie nebenher.

»Echt?«, schaltete sich Tamsin ein. »Wie ist er denn? Wo hast du ihn getroffen?«

Tamsin wurde immer sehr lebendig, wenn man irgendetwas Männliches erwähnte.

»Hast du noch überhaupt nicht erzählt«, knurrte Hayley, die immer gern als Erste Neuigkeiten erfuhr.

»Ihr werdet ihn schon noch früh genug kennen lernen.« Livis Herz wummerte in ihrer Brust, als ihr klar wurde, was für eine tiefe Grube sie sich gerade gegraben hatte.

»Warum bringst du ihn nicht mit in die Disko?«, schnurrte Abigail und nahm ihre Bücher hoch. »Dann können wir ihn ja alle beäugen, falls es ihn« – sie warf Livi aus verengten Augen einen scheelen Blick zu – »wirklich gibt.«

Als sie sich für die Sportstunde umzogen, wollte Hayley von Livi unbedingt mehr wissen.

»Du bist mir ja vielleicht ein stilles Wasser – was hat es denn nun mit diesem neuen Kerl auf sich?«

»Och, nichts Besonderes«, gestand Livi. »Nur so ’n Junge, mit dem ich vor unserem Haus ins Gespräch kam. Aber Abigail gibt immer so entsetzlich an und sie tut immer so von oben herab.«

Sie dachte darüber nach, wie Abigail triumphieren würde, wenn sie am Samstag ohne den geheimnisvollen Knaben ankäme. »Vielleicht klappt es ja am Samstag doch nicht«, sagte sie wieder.

»Du kommst!«, sagte Hayley energisch. »Du wirst es vielleicht sogar genießen – lass dich überraschen.«

Was sich als eine ziemlich prophetische Bemerkung herausstellen sollte.

Ge-Ge hat das letzte Wort

Am Ende des Nachmittags klopfte Livi an die Tür von Mr. Goldings Büro. Sie hatte in ihrem Kopf immer wieder ganz genau wiederholt, was sie zu ihm sagen wollte, und war sich jetzt ganz sicher, dass sie ihm ihre Sicht der Dinge vermitteln konnte.

»Olivia! Komm herein!« Mr. Golding deutete auf einen Lehnstuhl. »Was kann ich für dich tun?«

»Es ist wegen dieses Musicals, mit dem Sie mich beauftragt haben …«, fing Livi an.

»Wunderbar, wunderbar, das seh ich aber gern – dass jemand am liebsten sofort loslegen möchte.«

Livi räusperte sich.

»Na ja, eigentlich, Sir, sehen Sie mal ...«

»Natürlich«, unterbrach Ge-Ge, »sollten wir dieses Gespräch nicht ohne Luke führen – er könnte sich ja sonst ausgeschlossen fühlen, nicht wahr?«

»Nein, Sir, aber sehen Sie, was ich Ihnen eigentlich sagen möchte, ist, dass ich das unmöglich machen kann.«

Ge-Ge sah so erstaunt aus, als ob Livi ihm mitgeteilt hätte, dass sie ihre Logarithmentafel vergessen hätte.

»Nicht machen kannst?« Er lehnte sich in seinem Sessel zurück und runzelte die Stirn. »Natürlich kannst du das. Meine Güte, eine unserer besten Musikschülerinnen – was hast du denn bei der letzten Prüfung bekommen?«

»Eine Auszeichnung, Sir«, sagte Livi zögernd.

»Und Mr. Ostler sagt, dass es mit deinem Oboespiel ganz glänzend vorangeht«, sagte Mr. Golding voller Begeisterung.

»Aber da spiele ich doch nur, Sir«, protestierte Livi und wunderte sich, weil jemand, der angeblich ein Super-Ass in Oxford gewesen war, so lange brauchte, um eine ganz schlichte Wahrheit zu begreifen. »Ich kann dieses Festmusical nicht organisieren.«

»Warum denn nicht? Du hast doch so was auch schon in der Vergangenheit organisiert.« Der Direktor sah Livi höchst erstaunt an.

»Noch nie, Sir – das ist es ja gerade«, erklärte Livi. »Ich bin nicht gut im Organisieren.«

»Tja, meine Liebe, wenn du es noch nie versucht hast, woher willst du dann wissen, dass du es nicht kannst? Ich denke, du wirst von dir selber überrascht sein. Gibt es sonst noch irgendwas?«

»Und Sie meinen nicht, Sie können jemand anderen finden, der das an meiner Stelle macht?«, fragte Livi ungläubig. »Das müssen Sie aber!«

Mr. Golding neigte seinen Kopf und lächelte.

»Ich muss so was überhaupt nicht tun, Olivia. Warum sollte ich das denn, wenn ich mir doch ganz sicher bin, dass ich bereits die richtige Person damit beauftragt habe?«

Livi beschloss, es noch einmal zu probieren.

»Aber Sir, wenn ich das total in den Sand setze? Wenn das ein kompletter Flop wird?«

Mr. Golding zuckte die Achseln.

»Dann habe ich bewiesen, dass ich mich in meiner Beurteilung geirrt habe, nicht wahr?«, sagte er.

Livi gab es auf und ging zur Tür.

»Und, Olivia ...«, sagte er noch.

Livi wandte sich um.

»Wenn es ein Trost für dich ist, dann lass dir noch sagen, dass ich mich in meinen Beurteilungen höchst selten irre.« Und er zwinkerte ihr zu.

Als sie Mr. Goldings Tür zumachte und nur mit Mühe der Versuchung widerstand, sie laut zuzuknallen, sah sie Luke Cunningham auf sich zueilen.

»Hi, Livi.« Er schob die Brille auf seiner Nase hoch und sah bekümmert aus. »Hör mal, ich will dich ja nicht im Stich lassen oder so, aber ich werde dem alten Ge-Ge sagen, dass ich mich auf gar keinen Fall für dieses Musical einspannen lasse.«

»Luke ...«, fing Livi an.

»Nein, Livi, tut mir Leid, aber versuch nicht, mich rumzukriegen«, sprudelte es aus ihm heraus. »Also, ich werde gern mitspielen und alles tun, was dir helfen kann. Ich transponiere Noten, ich werde sogar für dich komponieren, aber im Organisieren bin ich nun mal eine Null. Ich geh jetzt zu ihm rein und sag ihm das klar und deutlich.«

Livi sah ihn an und grinste spöttisch.

»Viel Glück. Kannst du Enttäuschungen gut wegstecken?«

Judy handelt

Sarah wartete an der Ecke der Silverdale Road auf Livi. »Na, wer ist denn der Knabe?«, fragte sie, nachdem sie Livi begeistert umarmt hatte. »Erzähl mir alles.«

»Da gibt es eigentlich nicht viel zu erzählen«, gestand Livi, »außer dass er den Sommer über mit seiner Mutter auf einem Boot wohnt, dass er irre gut aussieht und einfach hinreißend ist!«

Sarah lachte.

»Tolle Beschreibung – nur gut, dass ihn Interpol nicht sucht. Es gibt bestimmt ein paar tausend solcher Jungen.«

Livi schüttelte den Kopf.

»Nicht wie er – er ist was Besonderes«, entgegnete sie. »Ich habe noch nie jemanden wie ihn getroffen.«

»Außer Ben und Todd und Adam ...« Sarah grinste.

Livi schnitt ihr eine Grimasse.

»Komm rein und ich erzähle dir alles, was ich weiß. Und außerdem habe ich dir sonst noch wahnsinnig viel zu erzählen. Vorsicht, der Kobold!«, warnte sie und schloss auf.

Sie stieß die Tür auf und blieb wie angewurzelt stehen.

Die Diele war voller Möbel – Stühle, Couchtisch, Zeitungsständer. Livi sah, dass das meiste aus dem Zimmer ihres Vaters stammte.

»Was ist denn hier los?«, knurrte sie. »Mama! Ma-ma!«

Es klapperte, dann hörte man ein unterdrücktes Fluchen und nun tauchte ihre Mutter in der Kellertür auf, mit dreckverschmierter Stirn und den Resten eines Spinnennetzes in ihrem Haar.

»Oh, da bist du ja!«, keuchte sie. »Hallo, Sarah. Ich geb dir lieber keinen Kuss – ich bin ein bisschen voll gestaubt.«

»Hallo, Mrs. Hunter – ich finde den Kobold klasse!« Sarahs Erziehung verlangte von ihr die Einhaltung von Höflichkeitsformen.

»Ehrlich? Das freut mich aber«, sagte Judy begeistert. »Ich finde ihn ja auch ganz umwerfend, aber man weiß ja nie, wie diese Dinger bei anderen ankommen. Ich werde noch einen machen und ihn zum Verkauf anbieten.«

Sie strich sich die Haarsträhnen aus der Stirn und schmierte sich dabei grüne Farbe über die Wangen.

Livi sah sie ziemlich angewidert an.

»Mama, was *machst* du denn da?«

»Ich stelle um«, erklärte ihre Mutter energisch. »Ich hole alle meine Arbeitssachen aus dem Hinterzimmer raus.«

Livi runzelte die Stirn.

»Warum denn? Das ist doch dein Arbeitszimmer?«

»Jetzt nicht mehr. Ich mach daraus wieder ein Schlafzimmer. Ich habe mich entschlossen, es unterzuvermieten.«

Wenn ihre Mutter die Absicht verkündet hätte, in einen Schweigeorden von Abstinenzlernonnen einzutreten, hätte Livi das nicht mehr überraschen können.

»Untermieter?« Sie spuckte das Wort förmlich aus.

»Toller Einfall, nicht wahr?« Ihre Mutter ignorierte einfach den kritischen Unterton in der Frage ihrer Tochter. »Findest du das nicht auch, Sarah?«

»Du kannst doch nicht einfach untervermieten!«, polterte Livi los und bewahrte die dankbare Sarah vor der Notwendigkeit einer Antwort.

»Das hilft, die Rechnungen zu bezahlen, und das ist das Wesentliche«, betonte ihre Mutter.

»Aber Papa wollte dir doch Geld schicken«, erinnerte Livi sie eindringlich, denn ihre Mutter sollte keinesfalls vergessen, wie großzügig ihr Vater das angeboten hatte. »Und außerdem möchte ich keine fremden Leute in unserem Haus haben. Wo willst du denn dann arbeiten?«

»Im ehemaligen Zimmer von deinem Vater natürlich – deshalb schleppe ich doch seinen ganzen Krempel in den Keller. Ihr zwei könntet mir eigentlich netterweise dabei helfen«, doch ihrer Stimme war anzuhören, wie wenig Hoffnungen sie sich machte, dass ihr dieser Wunsch erfüllt wurde.

»Was tust du?«, explodierte Livi. »Dazu hast du kein Recht – das sind Papas Sachen! Und wenn er wiederkommen will? Und das wird er früher oder später. Was wird er dann bloß denken? Dass du dir so wenig aus ihm machst und seine ganzen Sachen wegräumst? Das kann sie doch nicht einfach machen, oder, Sarah?«

Sarah sah aus, als wäre ihr das peinlich. Sie fand, was Mrs. Hunter in ihrem Haus machte, ging sie wohl kaum etwas an, und außerdem kannte sie Livis Mutter lange genug, um zu wissen, dass sie sich von der Meinung zweier Vierzehnjähriger wohl kaum beeindrucken lassen würde, egal, wie gut die Bescheid wussten.

Judy holte tief Luft und versuchte ein Lächeln.

»Ich kann doch nicht mein ganzes Leben auf einer Warteschleife zubringen, bis dein Vater sich endlich entschließt, was er mit seinen Sachen tun will«, erklärte sie.

In Livis Ohren klang das so ähnlich wie das, was Hayley gestern gesagt hatte.

Judy räusperte sich. »Jetzt kommt er erst mal nicht wieder, da hat er sich ja ganz klar ausgedrückt, und ich muss an die Zukunft denken.«

Sie schleppte eine kleine Kommode zur Kellertreppe.

»Warum geht ihr beide nicht rauf und hört Musik oder macht sonst was und lasst mich hier fertig räumen? Dann schieb ich ein paar Pizzas für uns in den Backofen.«

»Und dann ist da noch was«, sagte Livi. »In Papas Zimmer steht mein Klavier – ich kann nicht üben, während du dauernd deine Zwerge und Feen fummelst. Aber wahrscheinlich ist meine musikalische Laufbahn sowieso beendet, wenn du irgendeinen blöden Untermieter aufnimmst!«

Bis zu diesem Augenblick hatte Livi noch nie die Absicht verspürt, aus ihrer Musik einen Beruf zu machen, aber vielleicht würde das ihre Mutter noch mal zum Nachdenken bringen.

Judy hob die Hände.

»Das habe ich alles schon organisiert. Am Montag kommt jemand, der mir dabei hilft, das Klavier rüber ins Wohnzimmer zu schieben – du kannst dann da üben.«

»Wenn man es woandershin bringt, muss es neu gestimmt werden«, fuhr Livi sie an.

»Das weiß ich, Schätzchen.« Judy lächelte lieb mit zusammengebissenen Zähnen. »Am Dienstag um halb neun kommt Len Griffiths. Zufrieden?«

Livi grunzte.

»Nun komm schon, Livi!« Sarah wollte gern das Gespräch beenden, denn sie fühlte sich wie zwischen zwei Mühlsteine geklemmt. »Du musst mir doch noch alles von dem Jungen erzählen, ja?«

»Was für ein Junge?« Judy versuchte mütterliches Interesse zu zeigen. »Hast du dich wieder in jemanden verknallt, Livi?«

»Du kennst ihn nicht. Kümmere du dich um dein Leben und lass mich in Ruhe mit meinem.«

Diese Retourkutsche richtete ihre Lebensgeister wieder etwas auf und sie zog Sarah mit sich in ihr Zimmer im ersten Stock.

Livi trifft eine Entscheidung

»Und was gibt es sonst noch Neues?« Sarah lag ausgestreckt auf Livis Bett, blätterte träge in einer Nummer der *Kreisch!* und überflog die »Schmusetipps«.

Sie hatten bis in die kleinste Einzelheit jeden der bildschönen Gesichtszüge von dem hinreißenden Ryan besprochen und Sarah hatte feierlich versprochen, dass sie alles in ihrer Macht Stehende tun und sein Boot ausfindig machen wollte. Dann würde sie mit Livi einfach ganz lässig auf dem Treidelpfad auf und ab spazieren. Livi sollte dazu natürlich den limonengrünen Minirock tragen. Danach hatte Livi Sarah von Mr. Goldings Unglauben bezüglich ihres mangelnden Organisationstalents im Hinblick auf das geplante

Musical erzählt und Sarah hatte behauptet, deshalb müsste sie sich gar keine Sorgen machen.

»Du musst einfach delegieren. Du bestimmst, was gemacht werden soll, und dann musst du jemanden damit beauftragen. Total einfach!«

Livi kam es so vor, als ob Sarah das auch bei der Durchquerung der Sahara auf einem Einrad behaupten würde.

Sie hatte Sarah davon in Kenntnis gesetzt, dass ihr Vater nach Leehampton zurückziehen würde, und beide Mädchen waren sich darin einig, dass Rosalies Anwesenheit zwar bedauerlich war, aber Livi musste ihre Mutter einfach dazu überreden, dass sie sich mal ordentlich anstrengen und Mike zurücklocken sollte.

»Es gibt ein Buch, darin steht, wie man Körpersprache einsetzt, um Leidenschaft zu wecken«, erzählte Sarah. »Das könntest du kaufen und irgendwo rumliegen lassen, wo sie es finden muss.«

»Genial! Das werde ich auf jeden Fall versuchen.«

Sarah nickte.

»Natürlich ist es möglich, dass es nicht funktioniert. Vielleicht ist ihnen ein getrenntes Schicksal beschieden.« Sarah glaubte fest an astrologische Bestimmung.

Die Vorstellung von ewig getrennten Eltern fand Livi nicht besonders reizvoll.

»Am Samstag geh ich in den *Stomping Ground*«, sagte sie, um das Thema zu wechseln.

Sarah sah überrascht aus.

»Ich kann leider nicht mitkommen. Meine Mutter hat da Geburtstag und wir gehen zur Feier des Tages ins *Omelette Surprise* essen. Schade.«

»Das ist schon okay.« Livi betrachtete den Lederrock auf

der Doppelseite der *Kreisch!* und dachte, dass sie darin wie ein Baumstumpf aussehen würde. »Ich gehe mit Hayley und Tamsin und den andern.«

Sarah ließ die Illustrierte auf den Boden rutschen und setzte sich hin.

»Früher hast du mit denen nicht so viel rumgehangen«, sagte sie vorwurfsvoll.

»Ich weiß. Damals war ich immer mit dir zusammen – aber jetzt bist du nicht mehr da und da bin ich ziemlich allein. Vermisst du mich auch?«

»Na klar. Obwohl – die Schule ist ganz in Ordnung, da sind Victoria und Kim und so ein Typ, der heißt Dex –«

»*Wie* heißt der?«, wurde sie von Livi unterbrochen.

»Dex. Er ist Amerikaner und zum Küssen.«

»Ich dachte, du gehst mit Luke«, sagte Livi vorwurfsvoll. Als Livi damals Sarah und Luke miteinander verkuppeln wollte, hatte Sarah sich erst in ihn verknallt, als Livi es mit dem Verkuppeln schon aufgegeben hatte.

Sarah zuckte die Achseln.

»Ich geh doch auch mit ihm, gewissermaßen. Aber deshalb kann ich doch Dex auch nett finden. Er findet mich echt cool – hat er jedenfalls gesagt.«

»Dann vermisst du mich ja gar nicht wirklich!«

»Och, wenn ich einkaufen gehe und gern mal jemanden schminken möchte, wenn ich jemanden für wichtige Gespräche brauche, über den Sinn des Lebens und so, und wenn ich keine habe, mit der ich über die Leute von der Bellborough klatschen kann.« Sarah sprang vom Bett auf. »He, zeig mir doch mal, was du morgen anziehen willst!«

Sie öffnete die Tür von Livis Kleiderschrank und schob suchend die Kleiderbügel hin und her.

»Könntest du das bitte bleiben lassen? Ich habe gestern erst Ordnung gemacht.«

»Tut mir Leid!« Sarah sah verblüfft drein. »Früher hat dir das nie was ausgemacht.«

Livi grinste.

»Macht es mir auch jetzt nicht – mach weiter!«

Aber als Sarah bei jedem neuen Kleidungsstück murmelte: »Nee, das nicht!«, und: »Ich glaube, das ist es auch nicht«, wurde sie allmählich etwas beleidigt.

»Ich kaufe mir was Neues. Papa hat mir zwanzig Pfund geschenkt.«

»Super! Weißt du was? Ich geh mit zum Einkaufen, ja? Du weißt doch, wie schisserig du immer bist, welche Farbe zu dir passt und so.«

Das stimmt, dachte Livi.

»Und wenn du dich richtig anziehst, dann siehst du klasse aus. Falls du nicht genügend Knete hast, kannst du mit zu mir kommen und dann pumpe ich dir was. Das wäre dann so wie früher.«

Aber plötzlich wusste Livi, dass es nie mehr so wie früher werden würde, auch wenn sie Sarah immer noch schrecklich gern hatte und sich davor fürchtete, die falschen Klamotten zu kaufen. Hayley hatte Recht. Sie war jetzt vierzehn und musste langsam ihre eigenen Entscheidungen treffen. Wenn sie Sarah immer noch erlaubte, alles zu bestimmen, würde sie nie selbstständig werden. Sie wäre gern so voller Selbstvertrauen wie Tamsin und Abigail, denen die Meinung der anderen egal war. Sie wollte nicht länger von einer Freundin abhängig sein, die sich um sie kümmerte. Sie war nicht Sarah Field, sie war Olivia Jacintha Hunter, die bald die Freundin von dem hinreißenden Ryan werden würde …

Sie rief sich in Gedanken zur Ordnung. Sie kannte nicht mal seinen Nachnamen und schwelgte hier in wilden Phantasien, wie sie über Nacht urplötzlich ein selbstbewusstes, unwiderstehliches Wesen werden konnte, in das sich Ryan unwiderruflich verlieben würde. Sie war dumm. Sarah hatte Recht – sie würde immer eine brauchen, die ihr die richtige Richtung zeigte.

»Livi? Wo wollen wir uns treffen? Damit ich dir die guten Tipps geben kann?«

Wenn Sarah gefragt hätte, wo sie sich zum Einkaufen treffen könnten, hätte Livi sofort mitgemacht. Aber sie wollte nicht mehr Sarahs Tipps befolgen und auch nicht die Tipps von anderen Leuten. Wenn hier irgendwelche Tipps gegeben werden mussten, dann würde sie sich jetzt mal selbst welche geben!

»Vielen Dank!« Sie strahlte Sarah an. »Aber ich hab morgen schon was anderes vor. Vielleicht nächste Woche?«

Seit langem, so kam es Livi vor, hatte sie nicht mehr gesehen, dass Sarah sprachlos war.

Einkaufsqualen

Doch am Samstagvormittag um elf Uhr fand Livi ihre Unabhängigkeit gar nicht mehr so etwas Erstrebenswertes. Sie lief schon seit zwei Stunden im Einkaufscenter herum und hatte tausend verschiedene Klamotten anprobiert, aber nichts hatte ihr wirklich gefallen. Das Einzige, was sie gekauft hatte, waren zwei Armreifen mit Glücksbringern, zwei kleinen Türkisbären, und einen Abdeckstift. Wenn sie nicht bald was Passendes fand, müsste sie ohne neue Kluft nach Hause zu der Verabredung mit ihrem Vater fahren – und dann hätte sie heute Abend nichts Schickes für den *Stomping Ground*. Langsam bereute sie, dass sie Sarah nicht mitgenommen hatte.

Sie stand gerade in einer Boutique und hielt eine bronzefarbene Stretchhose in der einen und eine Spitzenbluse in der anderen Hand, als sie plötzlich Tasha Reilly in der Eingangstür von dem Laden gegenüber stehen sah, die ängstlich nach rechts und links schaute.

Livi warf alle Klamotten zurück auf den Wühltisch und rannte hinüber.

»Hi, Tasha!« Sie wich einer Mutter mit einem Zwillingsbuggy und zwei äußerst missgelaunten Winzlingen aus. »Ich brauche mal deinen Rat.«

Tasha zuckte zusammen und sah erschrocken auf.

»Oh, Livi, hi!« Sie warf einen Blick über ihre Schulter.

»Willst du da rein?« Sie zeigte hinter sich.

Livi schüttelte den Kopf. »Ich bin völlig verzweifelt und brauche dringendst deine Hilfe«, sagte sie theatralisch, wobei ihr entging, dass Tasha auf einmal ganz erleichtert aussah. »Komm doch bitte mit und sag mir, ob mir diese Hosen stehen.«

Tasha sah sie unentschlossen an.

»Das geht nicht, ich warte eigentlich auf Adam und ...«

»Das geht schon in Ordnung – es ist gleich da drüben. Da kannst du ja sehen, wenn er kommt – bitte, ich bin schon total verzweifelt!«

Sie schnappte sich Tashas Arm und zog sie trotz ihres Protests in die Boutique.

»Hier, sieh mal«, sie griff nach der Stretchhose. »Was hältst du davon ...?«

»Nein.« Tasha schüttelte den Kopf. »Die steht dir nicht, dafür hast du nicht die richtigen Beine.«

»Na, vielen Dank auch«, knurrte Livi.

»Und das?« Sie hielt die Spitzenbluse hoch.

Tasha schüttelte den Kopf und betrachtete die Sachen auf der Kleiderstange.

»Das!«, erklärte sie und reichte Livi ein Minikleid aus Cordsamt in der Farbe von reifen Pflaumen mit einem langen Reißverschluss.

»Das steht mir doch nicht!«, protestierte Livi. »Darin seh ich besti...«

»Doch, das steht dir!«, sagte Tasha mit mehr Entschiedenheit, als Livi bisher jemals von ihr gehört hatte. »Das sieht klasse aus. Probier's mal an.«

Livi verschwand widerwillig in der Ankleidekabine. Zwei Minuten später tauchte sie grinsend wieder auf.

»Tasha, das ist super – Tasha?« Sie sah sich in dem vollen Laden um. Tasha war nirgendwo zu entdecken. Vielleicht probierte sie gerade selbst etwas an.

Livi stellte sich bei der Schlange vor der Kasse an und bezahlte ihr Kleid, doch Tasha blieb verschwunden. Wahrscheinlich war sie schon losgegangen, um Adam zu treffen.

Livi sah auf ihre Uhr. Sie hatte nur noch zehn Minuten, bis ihr Bus fuhr. Sie verließ den Laden und ging zum Ausgang vom Einkaufscenter. Als sie um die Ecke beim *Toasted Teacake* bog, sah sie Tasha weiter vorn. Sie trug eine glänzende rote Einkaufstüte und ging so rasch, dass Livi rennen musste, um sie einzuholen.

»Du hattest absolut Recht!« Sie tippte Tasha auf die Schulter. »Das Kleid – es war total überraschend …«

Sie hielt inne. Tasha hatte sich blitzschnell umgedreht und starrte sie voller Entsetzen an.

»Tasha? Was ist denn?«

Tasha atmete tief ein und schüttelte abweisend den Kopf.

»Nichts, gar nichts ist los – warum fragst du mich dauernd, ob irgendwas los ist?«, fauchte sie. »Du hast mich erschreckt, das ist alles.«

Livi kam es etwas seltsam vor, dass man jemanden in einem Einkaufscenter mit einem Tippen auf die Schulter so erschrecken konnte, aber das sagte sie nicht.

»Ich wollte mich nur noch mal bei dir bedanken – ich hätte das niemals anprobiert! Es sieht super aus.«

»Das wusste ich.« Tasha lächelte knapp, aber beschleunigte ihren Schritt.

»Was hast du dir denn gekauft?«, fragte Livi. »Zeig doch mal.« Sie griff nach der Tüte und versuchte einen Blick hineinzuwerfen.

»Hör mal, könntest du dich gefälligst um deinen eigenen Kram kümmern?«, schrie Tasha und riss die Tüte an sich. »Was gehen dich meine Einkäufe an?«

»Entschuldigung!« Tashas Reaktion kam für Livi überraschend. Ihre Freundinnen zeigten sonst immer nur zu gern, was sie eingekauft hatten. »Ich dachte, du hättest dir was für heute Abend gekauft.«

»Heute Abend?« Tasha runzelte die Stirn.

»Na, für den *Stomping Ground*«, erklärte Livi, während sie über den Marktplatz gingen. »Du kommst doch auch, oder?«

Tasha zuckte die Achseln.

»Weiß ich noch nicht«, sagte sie. »Ich glaube aber eher nicht.«

»Ach, komm schon, das wird bestimmt cool«, sagte Livi, die sich eigentlich vor der ganzen Angelegenheit fürchtete und dachte, wenn noch jemand dabei wäre, würde das die Dinge erleichtern. »Adam kommt auch. Warum willst du denn nicht ...?«

»Livi!«, rief Tasha mit einem Zittern in der Stimme, »hör jetzt endlich auf, ja? Wenn ich gehen will, dann geh ich, und wenn ich nicht will, dann geh ich nicht. Okay? Da drüben ist Adam – ich muss los.«

Und sie rannte über die Pflastersteine dorthin, wo Adam, an einen Laternenpfahl gelehnt, stand und total umwerfend und ziemlich gelangweilt aussah.

»Wie du willst«, knurrte Livi leise und ging zur Bushaltestelle. Aber erst als sie im Bus saß, fiel ihr ein, dass Tasha beim Aussuchen von Livis Klamotten gar keine Einkaufstüte dabeigehabt hatte. Was immer sie auch eingekauft hatte, sie hatte es offenbar blitzschnell getan.

Livi provoziert

Um halb eins kauerte Livi auf dem Fensterbrett in dem Raum, der bis zu dem letzten verrückten Einfall ihrer Mutter das Zimmer ihres Vaters gewesen war. Sie übte ein Oboemusical und hielt Ausschau nach seinem Auto, denn in dem Augenblick, wenn er auftauchte, würde sie wie der

Blitz die Treppe hinunter und aus dem Haus flitzen. Sie wollte auf gar keinen Fall, dass er sah, was ihre Mutter getan hatte; es würde ihm wahrscheinlich das Herz brechen und außerdem würde es die ganz falschen Botschaften vermitteln. Das Zimmer war jetzt voller Wannen mit Ton und Farbtöpfen, und wo einmal der Schreibtisch ihres Vaters gethront hatte, stand jetzt ein riesiger, mit Wachstuch bedeckter Tapeziertisch. Sogar das Lieblingsbild ihres Vaters »Schottische Rinder an einem Bach« war verschwunden und an seiner Stelle hing ein sehr seltsames Gemälde mit Pfeilen und Klecksen, das »Unstabiles Gleichgewicht« hieß und das nach Livis Meinung hervorragend den seelischen Zustand ihrer Mutter veranschaulichte.

Sie sah sich in dem unordentlichen Zimmer um und ihr fiel auf, dass ihre Mutter ihrem Vater so überhaupt nicht das Gefühl vermittelte, willkommen und geliebt zu sein, sondern dass sie stattdessen jede Spur von ihm auszulöschen versuchte, und das fand Livi abscheulich.

Sie befürchtete allmählich ernsthaft, dass ihre Mutter langsam den Verstand verlor. Sie wusste, das widerfuhr Frauen in dem Alter manchmal. Erst vor einer Woche hatte Sarah erzählt, dass ihre Mutter das Bügeleisen in die Tiefkühltruhe und eine Packung tiefgefrorener Würstchen ins Bügelzimmer gelegt hatte. Nur weil Sarahs Vater sich beschwerte, dass seine Hemden so grässlich stanken, war der Irrtum entdeckt worden.

Aber die blödsinnige Idee von ihrer Mutter, einen Untermieter aufzunehmen, war sehr viel schwerwiegender als ein Paket ranziger Würstchen. Offensichtlich war sie nicht mehr zu vernünftigen Überlegungen im Stande. Ganz zu schweigen davon, dass damals beim Umzug in die Silverdale Road Livi das hintere Schlafzimmer für sich hatte haben wollen, was man ihr aber mit dem Argument verweigerte, nur dort wäre das Licht geeignet, um auch noch die kleinsten Falten von Feengewändern zu pinseln.

Ganz zu schweigen davon, dass ihre Mutter erst letzte Woche behauptet hatte, 30 Pfund 99 für eine Webpelzjacke wären jenseits aller Möglichkeiten, doch sie hatte scheinbar nicht die leisesten Schwierigkeiten, für eine völlig fremde Person Schlafzimmermöbel zu kaufen. Aber am meisten ärgerte Livi, dass sie deswegen nicht gefragt worden war. Ihre Mutter hatte eine weitreichende Entscheidung getroffen, ohne Livi auch nur ein einziges Mal nach ihrer Meinung zu fragen. Sie wünschte sich tieftraurig, dass ihr Vater sich endlich mal beeilen sollte, während sie an der Gardinenschnur herumfummelte und überlegte, dass ihre Gefühle bei keinem Menschen eine Rolle spielten.

Während ihre Mutter an diesem Morgen ständig rein und raus gelaufen war und den ganzen Kram in ihr Auto gepackt hatte, den sie auf dem Kunstmarkt verkaufen wollte, hatte Livi zu einer anderen Strategie gegriffen, um ihre Mutter wieder von ihrem Vorhaben abzubringen.

»Ich mache mir wirklich Sorgen wegen meiner Hausaufgaben«, hatte sie gesagt und versucht möglichst sorgenvoll auszusehen.

»Warum denn, um Himmels willen?«, fragte ihre Mutter und quetschte einen grinsenden Troll zwischen zwei schlafende Cherubim. »Du bist doch eine gute Schülerin.«

»Ja, aber mit einem fremden Menschen im Haus und dem extra Krach und so …«

Ihre Mutter hatte laut losgelacht, was eigentlich nicht die Reaktion war, die Livi hervorrufen wollte.

»Bei dir hört sich das ja so an, als ob der halbe Posaunenchor von Leehampton in unserem freien Zimmer wohnen wird«, hatte sie gewitzelt, sich aufgerichtet und Livi angegrinst. »Hübscher Versuch, mein Schätzchen, aber ich glaube kaum, dass für eine, die mathematische Gleichungen löst und dabei Heavy Metal hört, ein Untermieter eine große Störung darstellen kann.«

Livi hatte das ignoriert und es noch mal versucht.

»Wusstest du denn nicht, dass Heranwachsende in ihrem Zuhause eine Zuflucht vor den Anforderungen des Erwachsenwerdens in einer sehr komplizierten Welt finden sollen?« Sie hatte Mrs. Wietz zitiert, die sehr feste Ansichten über die Vorzüge von stabilen Umgebungen für Teenager hatte. »Du sollst mir eigentlich Sicherheit und Frieden und Raum für meine Entwicklung geben und ...«

»Und Klavierstunden und Geld für Diskobesuche und neue Klamotten und den ganzen Rest!« Ihre Mutter hatte Livi einen Kuss auf den Kopf geschmatzt. »Muss jetzt los, Schätzchen – und mach dir keine Sorgen, das wird schon ganz spaßig. Du wirst ja sehen.« Livi fand, dass ihre Mutter sehr seltsame Vorstellungen von Spaß hatte.

Enthüllungen von Rosalie

Um Viertel vor eins machte sich Livi langsam Sorgen, ob ihr Vater sie vielleicht vergessen hatte. Von seinem uralten Auto war nichts zu sehen – nicht, dass man nach ihm hätte Ausschau halten müssen. Denn man konnte es schon vorher meilenweit hören. Die alte Karre stand kurz vor dem Zusammenbruch und rasselte wie eine alte Blechbüchse. Aber, dachte Livi, wenn ihr Vater erst mal einen neuen Job gefunden hatte, dann würde er sich wahrscheinlich etwas Vornehmeres leisten können.

Wie das da, dachte sie, als sie zusah, wie ein eleganter brauner Audi die Straße entlanggefahren kam. Überrascht sah sie das Auto direkt vor ihrem Haus anhalten und eine große schwarzhaarige Frau aussteigen. Sie trug eine kirschrote Bluse, einen heftig gemusterten Sarongrock und rosa Espadrilles und sah aus, dachte Livi abschätzig, als ob sie gerade aus einer billigen Anzeigenreklame herausgestolpert wäre. Die Frau sah unsicher am Haus hoch und Livi erkannte zu ihrem Entsetzen, dass es die fiese Rosalie war.

Livi schnappte sich ihre Handtasche und machte die Haustür auf, gerade als Rosalie auf die Klingel drücken wollte.

»Livi! Wie schön dich wieder zu sehen!« Rosalie beugte sich in einer Parfümwolke vor, um Livis Wange zu küssen, aber Livi duckte sich und ließ sie mit gespitzten Lippen die Luft küssen.

»Wo ist Papa?«, fragte Livi, ohne zu lächeln.

Rosalie lachte. »Es geht ihm gut – seine alte Rostlaube hat heute Morgen endlich ihren Geist aufgegeben und deshalb hat er mich geschickt, dich abzuholen. Komm schon – der Tisch ist für halb zwei reserviert und auf dem Weg dahin werden wir deinen Vater unter seiner Kühlerhaube hervorziehen!«

»Du kommst auch mit?« Livi wusste, dass sich das unhöflich anhörte, aber sie hatte gedacht, sie hätte ihren Vater ganz für sich allein.

»Worauf du wetten kannst!« Rosalie schob sich ihre schwarzen Haare hinter die Ohren, an denen zwei riesige Ohrringe in Gestalt von Barrakudas baumelten. »Das Einzige, was mich heute Morgen beim Schrubben der Regale in unserem neuen Haus aufrecht gehalten hat, war der Gedanke an eine anständige Mahlzeit!«

Sie öffnete die Beifahrertür und trat einen Schritt zurück, damit Livi einsteigen konnte.

Unser neues Haus, das klang so – so verheiratet, dachte Livi. Und sie waren nicht verheiratet. Sie sollten eigentlich nicht mal zusammenleben. Sie hoffte, dass ihr blödes Haus ihnen auf den Kopf fallen und Rosalie lebendig von all dem Schutt begraben würde.

Als Rosalie ihren Sicherheitsgurt einklickte und den Motor anließ, blickte sich Livi im Auto um. Es roch teuer, eine Mischung aus neuem Leder und Pflegemitteln.

»Hübsch, nicht?« Rosalie fuhr an. »Hab's erst diesen Morgen abgeholt – das ist einer der Vorteile von dem neuen Job.«

Livi sah überrascht hoch.

»Hat Papa schon einen neuen Job?« Sie schnappte nach Luft. »Das ist ja phantastisch!«

Rosalie lachte laut los.

»Doch nicht Mike, du Dussel – ich! Hat er dir das nicht gesagt?«

Livi biss sich auf die Lippe und schüttelte den Kopf. Was fiel dieser Frau eigentlich ein, sie Dussel zu nennen?

»Das ist doch der Hauptgrund, weswegen wir beschlossen haben zurückzuziehen«, erklärte Rosalie, als sie in die Wellington Road einbog. »Man hat mich gefragt, ob ich die Leitung der Buchhaltung vom *Leehampton Echo* übernehmen wollte. Nächste Woche fange ich da an. Ich hatte schon urlange wieder vor, in die Stadt zurückzuziehen, meine Mutter und meine Schwester und ihre Familie leben in Kettleborough, aber ich dachte, weißt du, wegen deiner Mutter und alldem ...« Sie zögerte.

»So, du hast also an meine Mutter gedacht!«, fuhr Livi sie an. »Genau wie damals, als du ihr den Mann gestohlen hast und unser Leben zerstört hast und ...«

»He, wart mal einen Augenblick!« Rosalie warf einen Blick in den Rückspiegel und hielt am Straßenrand an. »Als ich deinen Vater kennen lernte und wir uns ineinander verliebten, da hab ich mich nach Runcorn versetzen lassen, weil ich genau das nicht wollte, dass wegen mir eine Familie auseinander bricht! Dein Vater war hinter mir her und nicht umgekehrt.«

Livi schluckte. Das hatte sie nicht gewusst.

Rosalie legte eine Hand auf ihren Arm.

»Tut mir Leid – das muss wohl ein Schock für dich sein«, sagte sie. »Na ja, und als dein Vater seinen Job verlor« – sie unterbrach sich –, »er hat dir doch davon erzählt, dass er seinen Job verloren hat, oder?«

Livi nickte.

»Weißt du, die Stelle beim *Echo* war einfach zu gut, um darauf zu verzichten«, sagte Rosalie. »Schließlich muss ja einer das Geld für die Brötchen verdienen.«

»Papa wird bestimmt schnell wieder einen Job kriegen«, sagte Livi zu seiner Verteidigung. »Er kennt massenhaft Leute.«

Rosalie lächelte.

»Hoffen wir das Beste«, sagte sie leichthin.

Livi drehte sich weg und sah aus dem Beifahrerfenster. In

ihrer Brust war ein unangenehmer Knoten. Ihr Vater hatte gesagt, dass sie hierher zogen, weil er sie so sehr vermisste. Aber scheinbar stimmte das gar nicht. Die einzigen Gründe für ihre Rückkehr waren Rosalies neuer Job und dass sie in der Nähe ihrer Familie wohnen wollte. Die fiese Rosalie will ihre Familie mehr als Papa mich, dachte Livi unglücklich. Wenn sie einen Job in Aberdeen gekriegt hätte, wäre er wahrscheinlich mit ihr dahin gegangen, ohne auch nur einen Blick zurückzuwerfen.

»Da sind wir ja«, sagte Rosalie strahlend. »Das ist unseres – das da mit der roten Garagentür.«

Livi riss die Augen auf. Rosalie war am Billing Hill abgebogen, in ein Viertel, das die Immobilienfritzen eine bessere Wohnlage nannten, lauter elegante Häuser mit großen Gärten.

»Ist das groß!« Livi schnappte nach Luft und starrte das rote Ziegelhaus ehrfurchtsvoll an.

»Das ist schon ganz schön eindrucksvoll, nicht wahr?«, sagte Rosalie, als würde sie um Entschuldigung bitten. »Ich hab Mike gesagt, dass wir eigentlich nicht so was Luxuriöses brauchten – wir mieten es nur, bis, na ja, bis sich die Dinge klären. Aber er wollte es unbedingt und nun haben wir's genommen!«

Als Livi ausstieg, kam ihr Vater unter der Kühlerhaube von seinem blauen Granada hervorgerutscht und winkte ihr zu.

»Willkommen im neuen Heim *Copperbeech*«, sagte er mit einer albernen Verbeugung. »Ist es hier nicht toll? Sieh dich mal drinnen um, Livi, während ich mir die Hände wasche. Dann fahren wir rüber zum *Snooty Fox*.«

Das Haus war wunderschön. Es gab nicht nur ein riesiges Wohnzimmer mit einem Marmorkamin und ein Esszimmer mit einer Tür zum Garten, sondern es gab auch ein holzgetäfeltes Arbeitszimmer und eine Küche mit einem großen Kiefernholztisch und Holzbalken an der Decke.

Eine breite Treppe führte nach oben.

»Und wir dachten, du könntest hier schlafen, wenn du mal bei uns bleiben willst.« Rosalie öffnete eine Tür zu einem großen Zimmer, das in Pfirsich und Apfelgrün eingerichtet war. »Dein Vater und ich möchten wirklich, dass du das als dein zweites Zuhause ansiehst; du könntest hier übernachten, wenn deine Mutter mal verreist und so …«

Wie gern Mama sich so ein Haus wie das hier leisten würde, dachte Livi. Und sie sah blitzartig ihre Mutter vor sich, wie sie heute Morgen mit Müdigkeitsfalten rund um die Augen mit ihren Kisten voller Zwerge und Zauberer die Treppe hinuntergestolpert war und sie zum Auto geschleppt hatte.

Sie sah Rosalie an.

»Danke schön«, sagte sie eisig, »aber ich habe schon ein wunderhübsches Zuhause bei meiner Mutter.«

Mit großer Befriedigung sah sie, wie Rosalie hummerrot anlief und dieser Teint biss sich ganz schrecklich mit der Farbe ihrer Bluse.

»So, ihr zwei setzt euch dahin und lernt euch kennen und ich hol uns was zu trinken.« Mike Hunter führte Rosalie und Livi im *Snooty Fox* zu einem Ecktisch. »Was möchtest du, Livi?«

»Cola möcht ich wetten«, sagte Rosalie.

Livi hatte gerade um eine Cola bitten wollen, aber jetzt änderte sie ihre Absicht.

»Limo, bitte«, sagte sie.

»Und du dein Übliches, mein Zuckerschnütchen«, sagte er zu Rosalie und Livi krümmte sich bei diesem kindischen Kosenamen.

»Tja«, sagte Rosalie gut gelaunt, in dem Versuch, die Mauer des Schweigens zu durchbrechen, die Mikes Abgang zur Bar folgte. »Wie steht's denn so in der Schule?«

Sie schlug sich mit der Hand auf den Mund. »Oh nein, ich glaub's einfach nicht, dass ich das gerade gesagt habe! Was für eine bescheuerte Frage! Als ich so alt war wie du, hab ich mir geschworen, dass ich niemals jemanden nach der Schule fragen würde, und jetzt hab ich es eben grade getan.«

Livi schwieg und sah mit starrem Blick auf die Speisekarte. Ich hasse diese Frau, dachte sie unglücklich.

»Du musst mich hassen«, bemerkte Rosalie und Livi war so perplex, als sie ihre eigenen Gedanken hörte, dass sie völlig verdattert aufschaute.

Rosalie grinste.

»Ich mach dir deshalb keine Vorwürfe«, sagte sie sehr vernünftig. »Du weißt ja eigentlich gar nichts von mir und jetzt bin ich hier mit deinem Vater und mache blöde Bemerkungen und versuche deine Sympathie zu gewinnen und dir wäre es wahrscheinlich am liebsten, wenn mich ein Zehntonner unter sich begraben würde.« Sie faltete ihre Serviette auf. »Oder dass ich langsam unter Treibsand ersticke.« Gegen ihren Willen merkte Livi, wie ihre Mundwinkel zuckten. Wenigstens versuchte Rosalie nicht zu schauspielern, dass sie allerbeste Freundinnen wären.

»Na, gefällt dir unser neues Haus?«, fragte Mike und stellte drei Gläser auf den Tisch.

»Es ist nicht deins, es ist nur gemietet«, bemerkte Livi eisig. Rosalie und Mike wechselten Blicke.

»Na ja«, stimmte ihr Vater zu, »aber es ist doch ganz schön imponierend, oder? Zeigt der Welt, dass Mike Hunter wieder jemand ist.«

Rosalie nahm einen Schluck Wein. »Zeigt der Welt, dass Rosalie Cutler wahnsinnig viel malocht«, sagte sie.

Oh klasse, dachte Livi. Streit. Und auf einmal spürte sie wieder mehr Hoffnung.

Tischgespräche

»Na, und wie ist es dir denn so in der letzten Zeit ergangen?«, fragte Livis Vater sie, als sie beim Hauptgang angekommen waren. »Musst du wieder irgendwelche Musikprüfungen bestehen?«

Livi schüttelte den Kopf.

»Viel schlimmer. Old Golding hat mich doch wahrhaftig mit der Organisation von einem blöden Musical beauftragt, wegen dieser 200-Jahr-Feier. Ich habe ihm gesagt, ich könnte das nicht, aber er wollte es mir nicht glauben.«

»Oh, natürlich kannst du das!« Ihr Vater trank einen Schluck Rotwein. »Da ist doch nichts dabei.«

Rosalie legte Messer und Gabel hin und sah Livi an.

»Das muss dir ja ziemliche Kopfschmerzen machen«, sagte sie nachdenklich. »Ich meine, ich weiß ja, dass du ganz toll in Musik bist und so, aber auf einmal irgendwelche Ideen kriegen und andere Leute zum Mitmachen animieren – tja, das ist doch was ganz anderes, nicht wahr?«

Livi nickte überrascht. Komisch, dass jemand wie Rosalie so schnell den Kern des Problems traf.

»Die Musik auszusuchen macht mir nichts aus und ich spiel auch gern. Ich hab sogar selber was komponiert«, gab sie zu. »Ich bin nur völlig unbrauchbar beim Organisieren.«

»Blödsinn, du machst das bestimmt großartig«, unterbrach ihr Vater und schnitt energisch sein Steak. »Das ist doch eine Ehre.«

»Ehre oder nicht, Papa, ich rege mich deshalb wirklich ziemlich auf«, sagte Livi. »Es ist schon in ein paar Wochen und ich weiß überhaupt nicht, womit ich anfangen soll.«

»Listen«, sagte Rosalie und spießte einen Pilz auf die Gabel.

»Wie bitte?«, fragte Livi.

»Listen«, wiederholte Rosalie. »Für mich sind die das Wichtigste. Ich bin auch schlecht im Organisieren und erst, wenn ich es hingeschrieben habe, klappt es. Dann brauche ich bloß noch irgendwelche Punkte erledigen, wie zum Beispiel, das und das muss der und der tun, und wer kann das noch machen, und dann läuft es großartig!«

Livi seufzte.

»Stimmt, das hört sich gut an«, gab sie widerstrebend zu. »Bloß kann ich mir noch nicht mal vorstellen, was ich auf so eine Liste schreiben soll! Es dreht sich alles um die Gründung der Schule und die Waisenkinder, die die ersten Schüler waren, und wie das Leben damals war. Und ich bin auch nicht gut in Geschichte!«

»Blödsinn!«, rief ihr Vater aus. »Das sagst du nur so – ich kenn dich doch!«

Du kennst mich überhaupt nicht, dachte Livi und sofort schämte sie sich, dass sie überhaupt einen solchen Gedanken haben konnte.

»Hast du irgendwelche Ideen, Papa?« Sie versuchte ihr Gewissen zu beruhigen.

»Nur eine sehr gute«, sagte er.

»Ja?« Livi schnaufte erwartungsvoll. Jede Idee wäre schon mal ein Anfang.

»Dickes *mousse au chocolat*, gefolgt von einem großen Cappuccino.« Er drehte sich zu Rosalie um. »Was sagst du dazu, mein Zuckerschnütchen?«

Als sie zurück zum Auto spazierten, drehte sich Rosalie, die am Ende des Essens nicht mehr sehr gesprächig gewesen war, zu Livi um.

»Hör mal«, sagte sie ganz sachlich, »ich will mich ja nicht einmischen und du willst wahrscheinlich so wenig von mir sehen wie nur irgend möglich. Aber wenn du bei dieser Musicalkiste jetzt ein Problem hast oder jemanden brauchst, der mit dir mal ordentlich die Ideen köcheln lässt, dann weißt du, wo du mich findest.«

Livi machte den Mund auf, um zu protestieren, aber Rosalie redete schon weiter.

»Wahrscheinlich brauchst du überhaupt keine Hilfe. Aber ich lese wie eine Verrückte und habe hunderte von Büchern und Zeitungsausschnitten, die dir vielleicht nützlich sein könnten, um eine zündende erste Idee zu kriegen.« Sie machte eine Pause und runzelte die Brauen. »Vor zweihundert Jahren? Das bedeutet also, dass die Schule – wann? – 1797 gegründet wurde?«

Livi nickte.

»Genial!«, rief Rosalie aus.

»Wirklich?« Livi sah äußerst zweifelnd drein.

»Na klar doch«, rief Rosalie begeistert aus. »Du kannst ein bisschen was über diesen Jenner bringen, wie er das Serum für die Pockenimpfung erfunden hat, und dann ist da noch der alte Napoleon, der durch ganz Europa zockelt, und ein bisschen später gab es das große Gesundheitsgesetz, in dem drinstand, dass die Armen nicht mehr länger als zwölf Stunden hintereinander in den Fabriken arbeiten mussten ...«

»Zwölf Stunden!« Livi riss Mund und Augen auf.

»Grauenhaft, was? Wenn du denkst, wie die Leute heute stöhnen, wenn sie nicht drei Kaffeepausen und eineinhalb Stunden Mittagspause kriegen!« Rosalie lachte.

»Wie kommt das, dass du dich da so auskennst?«, fragte Livi, die das auf einmal so interessant fand, dass sie ganz ihre ablehnende Haltung vergaß.

Rosalie zuckte die Achseln. »So viel weiß ich eigentlich gar nicht. Ich finde nur Geschichte wahnsinnig faszinierend und lese alles, was ich zwischen die Finger kriege.« Sie sah hinüber zum Parkplatz. »Gehen wir lieber, Mike sieht mal wieder ganz ungeduldig aus!«

Livis Vater stand bei der Autotür und klopfte unruhig mit dem Fuß auf den Kies.

»Nun kommt schon, ihr zwei«, sagte er. »Es ist ja wunderbar, dass ihr euch so gut versteht, aber ich muss Livi nach Hause fahren. Sie hat doch noch eine wahnsinnig wichtige Verabredung, nicht wahr, Livi?«

Livi starrte ihn wütend an.

»Es ist keine Verabredung, Papa, ich will nur heute Abend mit ein paar Kumpels weggehen«, murmelte sie.

»Ach, nun komm schon.« Er lachte leise und steuerte das Auto rückwärts auf die Straße. »Du erwartest doch nicht von mir, dass ich das glaube, oder?«

Rosalie drehte sich zu Livi um, die hinten saß.

»Zu meiner Zeit waren die Abende mit der ganzen Truppe immer am besten«, sagte sie. »Nix von diesem schrecklichen ›Ach-mein-Gott-hat-er-meine-Pickel-alle-schon-gesehen?‹-Schiss.«

Diesmal musste Livi laut lachen.

Erst als sie wieder zu Hause war, vor ihrem Spiegel stand und überlegte, ob sie Sarah anrufen und fragen sollte, welche Schuhe am besten zu ihrem neuen Kleid passen würden, fiel ihr etwas auf. Sie hatte immer gedacht, Rosalie wäre eine total blöde Kuh, aber heute war es eigentlich ihr Vater gewesen, der die blödesten Bemerkungen gemacht hatte.

Leonora tritt auf

Livi war erschöpft. Höchstwahrscheinlich hätte sie überhaupt nicht mehr die Energie, im *Stomping Ground* zu stehen, ganz zu schweigen vom Tanzen. Gerade als sie nach Hause gekommen war, hatte Hayley angerufen, weil etwas schief gelaufen war.

»Hi, Livi, hör mal, mein Stiefvater kann uns leider doch nicht zum *Stomping Ground* fahren – er hat irgendeine Konferenz. Kann deine Mutter uns vielleicht hinbringen?«

Livi zögerte.

»Sie ist noch auf dem Kunstmarkt und sie kommt wohl kaum vor sechs zurück.« Sie wusste, wie ihre Mutter sich normalerweise nach einem Tag auf den Beinen fühlte, und deshalb war sie sich nicht sicher, ob die diese Bitte so gut finden würde.

»Das ist okay, sie könnte mich um sieben abholen – Tim trifft mich nach seinem Rugbyspiel im *Stomping Ground*«, sagte Hayley.

»Meistens ist sie danach völlig k. o. und auch nicht gerade in der besten Laune«, warnte Livi.

»Ach, sie hat doch bestimmt nichts dagegen, oder? Benimm dich wie eine total gestresste Tochter, denk dran, ja? Mein Stiefvater sagt, er holt uns dann nachher alle ab.«

»Na ja, ich kann sie ja mal fragen.«

»Super! Tausend Dank auch, Livi. Bis dann, bei uns um sieben. Tschüss!«

Seit dem Telefongespräch war Livi wie eine Besessene im Haus herumgetobt. Sie hatte Tee gekocht, denn sie wollte ihrer Mutter bei deren Heimkehr eine beruhigende Tasse Kamillentee anbieten, sie hatte die Teppiche gesaugt und sogar ihr Zimmer aufgeräumt. Na ja, nicht direkt aufgeräumt. Sie hatte alle Schuhe, Bücher und CDs vom Fußboden unter ihr Bett gekickt und alles andere in die unterste Schublade ihrer Kommode geschmissen und sie zugeknallt.

Als letzte große Geste, die sie sogar selber ziemlich genial fand, hatte sie das Bügelbrett in der Küche aufgebaut, das Bügeleisen angeschaltet und eins von den Baumwollhemden ihrer Mutter über das Brett gebreitet. So verzweifelt, dass sie wirklich bügeln wollte, war sie aber noch nicht. Dafür wartete sie noch auf das Publikum.

Sie legte eben letzte Hand an ihr Make-up an und beschloss gerade, dass irgendwie ihre Mutter überredet werden musste, damit sie sich mal im *Haarscharf* richtig flotte Strähnchen machen lassen durfte, als sie ein Auto draußen anhalten hörte.

Sie flog die Treppe hinunter in die Küche, ergriff das Bügeleisen, knallte es auf das Hemd und versuchte wie eine liebende, durch und durch hausfrauliche Tochter auszusehen.

»So, da sind wir«, hörte sie die Stimme ihrer Mutter in der Diele zwitschern.

Jetzt redete sie schon mit sich selbst. Wirklich sehr traurig.

Livi stellte sich vor, wie ihre Mutter sich gleich freuen würde, wenn sie sah, was ihre Tochter mit dem Bügeleisen machte – Freude, die natürlich alle Ablehnungen bezüglich einer Zehnkilometerfahrt zum *Stomping Ground* beiseite fegen würde. Aber Judy erschien nicht. Stattdessen ertönte eine andere Stimme in der Diele.

»Also, Judy, das ist ja unglaublich, nein, diese ganzen Feen!« Diese Stimme war ganz klar weiblich. »Und dieser Troll – der ist ja einfach sü-hüß!«

Es gab ein bisschen Geklapper und Geraschel und dann hörte Livi wieder die Stimme ihrer Mutter.

»Kommen Sie mit nach oben und sehen Sie sich das Zimmer an und dann gehen wir in die Küche.«

Oben hörte man schwere Schritte.

Die Untermieterin. Die Stimme musste einer zukünftigen Untermieterin gehören. Livi sank auf einen Stuhl nieder. Sie dachte daran, dass sie die letzte halbe Stunde darauf verschwendet hatte, dass das Haus wunderbar aussah! Wenn sie das gewusst hätte, hätte sie alles ganz schlimm in Unordnung gebracht, sodass diese Person gleich auf dem Absatz umgekehrt wäre.

Von oben kam Gelächter. Vielleicht, dachte Livi hoffnungsvoll, war das höhnisches Gelächter, weil das Zimmer völlig ungeeignet war.

Livi schlich an den Fuß der Treppe.

»Das ist ja das allerliebste Zimmer, was man sich vorstellen kann, ganz genau das, was ich brauche«, sagte die Stimme. »Sie sehen Ihre neue Untermieterin vor sich.«

Oh Scheiße, dachte Livi und schnüffelte: das Bügeleisen!

»Ich geh nach unten und koche uns Tee und dann können Sie runterkommen, wenn Sie fertig sind«, hörte sie ihre Mutter sagen, während Livi in die Küche raste und sich das Bügeleisen schnappte. Es war ein sehr großer Brandfleck. Sie drehte das Hemd gerade um, als ihre Mutter die Tür aufmachte.

»Da bist du ja, Schätzchen«, strahlte Judy und nahm sie in den Arm. »Na, hat dir das Essen mit deinem Vater Spaß gemacht?«

»Es war okay«, sagte Livi ohne große Begeisterung, weil sie nicht wollte, dass ihre Mutter sich aufregte.

Judy warf einen Blick auf das Bügelbrett.

»Machst du deine Sachen für heute Abend fertig?« Sie kräuselte die Nase und betrachtete das Hemd genauer. »Ist das nicht meins?«

Livi nickte unglücklich.

»Ich wollte dir einen Gefallen tun, ich hab gestaubsaugt und mein Zimmer aufgeräumt und Tee aufgesetzt und dann wollte ich dir ein bisschen beim Bügeln helfen, aber auf einmal hörte ich Stimmen und kam …« Sie schwieg und hielt das angesengte Hemd hoch und bereitete sich auf die Explosion ihrer Mutter vor.

Judy grinste freundlich.

»Mach dir keine Sorgen, das hast du dir nett überlegt und das alte Ding trag ich sowieso nur noch zum Arbeiten.« Sie zog eine Schublade heraus, holte ein Räucherstäbchen hervor und steckte es in einen Tonbuddha, der grinsend auf dem Fensterbrett stand.

»Ich glaube«, flüsterte sie verschwörerisch, zündete ein Streichholz an und hielt es an das Räucherstäbchen, »wir haben gerade eine Untermieterin bekommen.«

Es gibt überhaupt keinen Grund, sich darüber so zu freuen, dachte Livi und hustete, als eine Patschuliwolke ihre Nasenlöcher traf. Das ist vielleicht das Ende des zivilisierten Lebens, wie wir es bisher gekannt haben.

»Mama, bist du sicher, dass es so eine gute Idee ist?«, versuchte sie noch mal einen höflichen Anlauf, weil es schließlich notwendig war, ihre Mutter mindestens noch eine Stunde lang bei guter Laune zu halten.

»Da bin ich mir ganz sicher«, sagte Judy mit Nachdruck.

»Heute Morgen sagte mein Horoskop, dass meine Finanzen einen Aufschwung nehmen würden und dass ich eine Frau träfe, die meine Zukunft verändern würde. Tja, ich habe Sachen im Wert von 156 Pfund verkauft und Aufträge für 400 Pfund mehr bekommen und dann, als ich was essen ging ...«

»... traf sie mich!« Livi drehte sich um. In der Tür stand eine große, wunderschöne Frau mit einem runden Gesicht und einer Unmenge von zerzaustem kastanienbraunen Haar. Sie war mit einem weiten, rostroten Hosenanzug bekleidet und trug um den Hals ungefähr die Hälfte von den nationalen Goldreserven.

»Hallo!« Sie strahlte Livi an und streckte ihr eine Hand entgegen, die unter dem Gewicht der Ringe in der Größe von kleinen Kastanien ächzte. »Ich heiße Leonora, Leonora Tadcaster. Und du bist bestimmt Olivia!« Sie ergriff Livis Hand und schüttelte sie heftig, wobei die verschiedenen Teile ihres Schmucks begeistert mitklingelten.

»Na«, seufzte sie und ließ den Blick in der Küche herumwandern, »ist das nicht eine blitzsaubere Angelegenheit?«

Livi versuchte sich das Lachen zu verbeißen. Diese Frau war – einfach unglaublich.

Judy machte einen Schritt vorwärts.

»Leonora wird das Hinterzimmer mieten«, sagte sie. »Nur für ein paar Wochen, während sie an ihrem Buch schreibt.«

»Sie sind Schriftstellerin?« Livi dachte, wenn sie schon unbedingt eine Untermieterin haben mussten, dann könnte es ihrem Ruf durchaus nützlich sein, wenn sie eine Berühmtheit bei sich wohnen hätten.

»Na, klar bin ich das.« Leonora schob die Ärmel von ihrer Jacke hoch, um eine Reihe von goldenen Armreifen freizulegen. »Ich schreibe Kinderbücher – kennst du vielleicht die Serie ›Die Geister von Glossops Glen‹?«

Livi machte ein neutrales Geräusch in ihrer Kehle, von dem sie hoffte, dass es nach Ja klingen würde.

»Na, macht nichts, gerade jetzt bin ich in das gute alte Leehampton gekommen, um eine ganz neue Serie zu beginnen – ›Die chanal-Bande‹ – zusammen mit meiner Schwester Cordelia French. Das macht solchen Spaß, sie macht die Illustrationen, ich schreibe den Text.«

Sie sank auf einen Stuhl nieder und streckte die Beine vor sich aus.

»Auf diese Weise habe ich auch von diesem Zimmer erfahren. Ich hab Cordy geholfen, ein paar von ihren Bildern auf dem Kunstmarkt zu verkaufen, und stöhnte gerade, dass ich unmöglich in einem Hotelzimmer ein Buch schreiben kann, da schickte mir ein Engel vom Himmel deine wunderbare Mutter, die mir die Lösung für meine ganzen Probleme anbot!«

Sie klatschte in die Hände wie ein fröhliches Kind.

»Und sind Sie sicher, dass es für Sie nicht bequemer wäre, wenn Sie bei Ihrer Schwester wohnen würden?«, fragte Judy ängstlich.

Leonora warf ihren Kopf in den Nacken und stieß ein brüllendes Gelächter aus.

»Auf gar keinen Fall!« Sie lachte immer noch. »Cordelia ist bestimmt eine wundervolle Künstlerin, aber man kann ganz unmöglich mit ihr zusammenleben! Außerdem möchte sie gern in Ruhe gelassen werden, damit sie malen kann. Nein, ich werde hier meinen Text tippen und dann ab und zu hinüberwandern und mich mit Cordy bei einer Flasche von irgendwas Rotem zusammensetzen, wenn es notwendig ist. Cordy wirkt am besten, wenn man sie in kleinen Dosen zu sich nimmt, und dann auch nur mit Alkohol!«

Die Küchenuhr zeigte halb sieben.

»Ein Glas Wein zum Feiern, Leonora?« Judy öffnete den Kühlschrank und holte eine Flasche australischen Chardonnay heraus.

Warte mal, dachte Livi. Du musst mich noch ein bisschen im Auto rumfahren.

»Mama, ich weiß, dass du müde bist und alles, aber sieh

mal, Hayleys Stiefvater kann uns nicht zum *Stomping Ground* fahren und da hab ich mich gefragt ...« Sie schwieg und wartete darauf, dass ihre Mutter heftig ablehnen würde.

»Der Stomping was?«, mischte sich Leonora ein.

»Der *Stomping Ground*«, sagte Livi knapp, weil sie sich ärgerte, dass sie mitten in ihrem Akt von der »Tochter mit dem wunderbar guten Benehmen« unterbrochen wurde. »Das ist eine Disko.«

»Die muss ich mir merken«, sagte Leonora und wühlte in ihrer großen roten Handtasche herum, tauchte mit einem Notizbuch wieder auf und kritzelte was hinein. »Ein wunderbarer Name – würde sogar für einen Titel taugen. Tut mir Leid wegen der Unterbrechung, mach jetzt ruhig weiter!«

Livi brachte ihr Gesicht wieder in die Ausgangsposition eines bittenden Ausdrucks.

»Deshalb wollte ich dich fragen ...«, fing sie an.

Judy drehte sich mit dem Korkenzieher in der Hand zu ihr um.

»Was du fragen willst, ist, ob ich dich hinbringen kann, ja?«

Livi nickte und wartete auf das »Ich bin schon den ganzen Tag auf den Füßen und jetzt erwartest du auch noch, dass ich dich quer durch die Stadt kutschiere«.

»Na gut. Wann müssen wir losfahren?«

Livi starrte sie an.

»Willst du damit sagen – du machst das?«

Judy sah überrascht aus.

»Natürlich«, sagte sie, als ob sie noch nie in ihrem Leben mit ihrer Tochter verschiedener Meinung gewesen wäre. »Wie viele soll ich abholen?«

Ihre Mutter hatte offensichtlich irgendetwas vor, sonst wäre sie niemals so entgegenkommend gewesen.

»Nur mich und Hayley«, antwortete Livi.

»Gern«, sagte Judy. »Ich muss sowieso Leonora zum Riverside-Hotel bringen, damit sie ihre Sachen holen kann.« Sie wandte sich Leonora zu. »Das macht Ihnen doch nichts aus, oder? Wir können ja den Wein trinken, wenn wir zurückkommen! Fertig in fünf Minuten, Livi?«

Wenn ich gewusst hätte, dass sie so gute Laune haben würde, dachte Livi, dann hätte ich mir dieses ganze Staubsaugen schenken können.

Livi traut sich was

»Sehe ich gut aus?« Livi zupfte an ihrem Minikleid herum, das plötzlich um mindestens zehn Zentimeter geschrumpft war. In der gleichen Zeit hatten sich ihre Oberschenkel in der Breite verdoppelt. »Ich bin mir nicht sicher mit dieser Kette, und meine Haare? Sollte ich was ...«

Hayley ergriff ihre Hand und zog sie durch die Tür vom *Stomping Ground.*

»Du siehst toll aus«, brüllte sie über den Lärm der Musik hinweg. »Hör jetzt auf, dir Sorgen zu machen, beruhige dich und amüsier dich!«

Eine Stunde später kam Livi zu der Schlussfolgerung, dass sich beruhigen nicht gerade ihre Stärke war. Hayley verbrachte die ganze Zeit mit Tim, Tamsin war mit dem beschäftigt, was sie Knabenjagd nannte, und baggerte alle

Jungen an, deren Aussehen ihr gefiel, und kam genauso oft zurück an den Tisch gerannt, um Livi zu ermutigen, das Gleiche zu tun.

»Ich kann das nicht«, protestierte Livi, »ich bin nicht wie du, ich kann nicht zu irgendeinem Typen gehen, den ich nicht kenne, und einfach losquatschen.«

»Warum nicht?«, fragte Tamsin und glättete mit der Hand ihre Haare. »Die beißen doch nicht, na ja, jedenfalls nicht am Anfang«, sagte sie mit einem viel sagenden Kichern und verschwand wieder, um einen Knaben mit rabenschwarzem Pferdeschwanz anzumachen.

Abigail, die ein winzig kleines schwarzes Spitzenkleid trug und Unmengen von Lidschatten, war mit Adam erst später gekommen. Sie hatte ihren großen Auftritt, als sie eng umschlungen mit ihm hereinkam. Die beiden hatten die letzte halbe Stunde auf der Tanzfläche verbracht und besonders Adam war allerbester Laune, sprang herum, wedelte mit den Armen durch die Luft und sang die Popsongs mit. Abigail warf wiederholt Blicke über ihre Schulter, um sich zu vergewissern, dass das Publikum auch zusah. Von Tasha war weit und breit nichts zu sehen.

»Wie geht's dir?« Hayley ließ sich auf einen Stuhl neben Livi plumpsen. »Tim unterhält sich mit ein paar Typen von seinem Klub über Rugby.« Sie hörte sich beleidigt an, weil er irgendwas faszinierender finden konnte als ihre Gesellschaft.

»Adam ist ziemlich high, was?«, bemerkte sie, während sie ihm dabei zusah, wie er in die Luft boxte.

Livi schwieg. Als er damals mit ihr ging, hatte er sich nie so deutlich sichtbar amüsiert.

Hayley fasste Livi am Arm. »Ich bin völlig ausgetrocknet, komm, wir holen uns was zu trinken.«

Als sie aufstanden, um zur Bar zu gehen, sah Livi ihn. Auf der anderen Seite des Raumes redete er mit einem schlanken Knaben mit lockigen Haaren. Es war Ryan. Sie war sich ganz sicher. Ihr Herz fing auf einmal wild zu bummern an und sie blieb wie angewurzelt stehen.

»Da ist er«, murmelte sie und stieß Hayley in die Rippen.

»Was, wen?«, fragte Hayley, die in den Momenten allerhöchster Aufregung mit ihrer Grammatik immer Probleme hatte.

»Ryan, der Typ, von dem ich dir erzählt habe, den ich neulich vor unserem Haus getroffen habe«, zischte Livi. »Da, der in dem türkisen T-Shirt.«

»Ist der hübsch!«, stöhnte Hayley. »Sehr, sehr hübsch. Na ja, worauf wartest du noch?«

»Was?«, fragte Livi.

»Geh rüber und rede mit ihm«, drängte Hayley. Livi wollte schon protestieren, dass sie auf gar keinen Fall so etwas machen könnte, als Abigail herankam. Sie hing an Adams Arm und verströmte eine Wolke von Parfüm.

»Livi, hi!«, schmalzte sie. »Wieder mal allein wie üblich?«

»Müsste sie gar nicht sein«. Tamsin erschien an ihrem Ellenbogen. »Ich hab versucht ihr beizubringen, wie man Typen anmacht, aber sie hat zu viel Schiss!«

»Arme Livi«, sagte Adam in vorgetäuschtem Mitleid, ganz anders als seine sonst freundliche Art.

Das reicht, dachte Livi. Ich bin mit euch fertig.

»Wie bitte?«, sagte sie und tat so, als hätte sie die ganzen biestigen Bemerkungen nicht gehört. »Ich seh euch dann später, Ryan ist hier.« Ihr Entsetzen über ihren eigenen Wagemut wurde etwas gemildert durch die Befriedigung, als sie den Ausdruck von blankem Erstaunen sah, der über die Gesichter ihrer Freunde flackerte. Sogar Adam riss die Augen etwas weiter auf, als er den Raum überflog, um zu sehen, wen Livi damit gemeint hatte.

Irgendwie trugen ihre Beine sie quer durch den Saal, ihr Herz klopfte wie rasend in der Brust und sie betete, dass sie bloß keine völlige und totale Idiotin aus sich machen würde.

Ryan war in ein Gespräch mit seinem Kumpel vertieft.

»Hi!«, sagte sie so leise, dass er sie nicht hörte. Der Typ neben ihm zeigte in ihre Richtung und Ryan drehte sich um.

»Hast du das Boot auch wieder gefunden?«, fragte Livi und wünschte, ihr wäre etwas Geistreicheres eingefallen, um ein Gespräch anzufangen. Sie wunderte sich, warum ihre Zunge sich anfühlte, als ob sie oben am Gaumen klebte.

»Das Boot?« Ryan runzelte die Stirn. »Oh, du bist das Mädchen von – Olivia, stimmt's?«

Livi nickte.

Ryan grinste und Livi fühlte, wie ihre Knie ganz wabbelig vor Sehnsucht wurden.

»Jaja, ich hab's wieder gefunden, danke«, sagte er. »Aber gerade noch rechtzeitig. Meine Mutter hatte es geschafft, es breitseitig festzuklemmen. Das hat ihr nicht gerade die größten Sympathien eingebracht.«

Er wandte sich seinem Kumpel zu.

»Jon, das ist Olivia, tut mir Leid, ich weiß deinen Nachnamen nicht.«

»Hunter, Olivia Hunter.«

Ryan starrte sie an.

»Hunter?«, wiederholte er langsam. »Hast du Hunter gesagt?«

Livi nickte.

»Olivia Hunter«, wiederholte er.

Livi fragte sich, wie lange diese Namensüberprüfung noch dauern sollte.

»Meine Freunde nennen mich Livi.«

»Na ja, Livi Hunter«, sagte Ryan und sah sie außerordentlich interessiert an, »warum tanzen wir eigentlich nicht?«

Der Traumtyp

Livi kam es so vor, als wäre sie gestorben und in den Himmel gekommen. Sie hatten erst ein paar Minuten getanzt, als der Rhythmus sich änderte und eine langsame Bluesnummer anfing. Ryan legte seine Arme um Livi und sie sah aus ihren Augenwinkeln, dass die Clique sie mit einer Mischung aus Verwunderung und schlecht verhohlenem Neid beobachtete.

»Die Disko hier ist nicht schlecht, was?« Er deutete rund um sich in den schwach beleuchteten Raum. »Bist du hier regelmäßig?«

Livi schüttelte den Kopf. »Nein, eigentlich nicht«, gab sie zu. »Ich bin heute Abend hergekommen, weil meine Freundin Hayley mich überredet hat.«

»Da bin ich aber froh drüber«, sagte Ryan und Livis Herz machte noch einen unerwarteten Hopser. »Muss

Schicksal gewesen sein, ich habe gerade erst heute Nachmittag von Jon davon gehört.«

»Jon?«

»Der Typ, mit dem ich gerade geredet habe«, erklärte Ryan und nickte mit dem Kopf in Richtung Bar. »Jon war unten beim Kanal, weil er irgendwas für ein Schulprojekt zeichnen wollte, und er hat mir beim Anlegen von unserem Boot geholfen, nach dem Seeräuberakt von meiner Mutter.«

Livi kicherte. Tamsin, die mit dem Typen mit Pferdeschwanz tanzte, warf ihr einen fragenden Blick zu. Livi lächelte geheimnisvoll und wandte den Kopf ab.

»Wir kamen ins Gespräch und er schlug mir vor, dass ich mal mitkommen sollte. Deshalb bin ich hier.«

»Macht bestimmt Spaß, auf einem Boot zu wohnen«, bemerkte Livi, weil sie sich an den Rat erinnerte, dass man immer für alles Interesse zeigen sollte.

»Ach, im Sommer ist es ganz nett«, sagte Ryan, »aber danach würde ich's auch nicht mehr aushalten. Es ist alles zu eng. Wir haben ein Haus in Kettleborough«, fügte er hinzu, »aber seit dem Tod von meinem Vater vermietet meine Mutter das Haus im Sommer und geht aufs Wasser, wie sie das nennt. Sie ist Künstlerin und die kriegen immer so seltsame Einfälle«, fügte er spöttisch hinzu.

»Als ob ich das nicht wüsste!«, rief Livi aus. »Meine Mutter töpfert und sie ist komplett durchgeknallt! – Das tut mir Leid wegen deinem Vater«, sagte sie dann noch.

Ryan holte tief Luft.

»Danke«, sagte er. Sein Gesicht hatte sich kurz bewölkt.

»Wie ist das bei dir? Ist dein Vater immer noch dabei?«

Na ja, er ist noch lebendig, wenn es das ist, was du meinst, dachte Livi.

»Ja«, sagte sie und wollte jetzt nicht lang und breit erklären, auf welch seltsame Art und Weise ihre Eltern ihr Leben zu führen gedachten.

Ryan sah interessiert aus.

»Und was macht der so?«

Livi zögerte.

»Er ist in der Werbung«, antwortete sie. Sie fand, das klang besser als »Handelsvertreter ohne Job«.

»Echt?« Ryan schien von dieser langweiligen Tatsache fasziniert. »Für wen arbeitet er?«

Livi dachte gerade, dass ein solches Interesse etwas seltsam war für einen Typen, den sie gerade erst getroffen hatte, aber sie brauchte nicht weiter über ihren Vater zu reden, denn die Musik hörte auf und die Lichter gingen wieder an. »Hör mal«, Ryan nahm ihre Hand, »was hältst du davon, wenn ich uns was zu trinken hole und du mich deinen Kumpels vorstellst? Wenn du nichts dagegen hast, heißt das.«

Dagegen?, dachte Livi. Es würde mir die allergrößte Freude bereiten.

»Ein Traumtyp!«, murmelte Hayley, als Livi mit roten Wangen, sowohl von ihrer Tanzerei als auch ihrem Triumph, das Undenkbare getan zu haben, zurück an den Tisch kehrte.

»Wer war denn das?«, fragte Tamsin, die ihren Pferdeschwanzknaben abgelegt hatte und Ryan jetzt mit erfahrenem Auge nachblickte. »Das ist ja ein toller Typ!«

»Das ist Ryan«, sagte Livi, plötzlich wieder schüchtern,

als Ryan zum Tisch kam und ihr das Glas in die Hand drückte. Er würde wahrscheinlich einen Blick auf Tamsin und Hayley werfen und dann vergessen, dass es sie gab.

»Hi!«, sagte Ryan mit dem Selbstvertrauen von jemandem, der es gewohnt ist, dass drei Paar weibliche Augen sich auf sein Gesicht heften. »Seid ihr alle in der gleichen Klasse von Livi?«

Livi hätte ihn umarmen können, weil er so tat, als würden sie sich schon seit Urzeiten kennen.

In der folgenden Unterhaltung erfuhr Livi, dass er sechzehn Jahre alt war, an der Grange-Schule in Kettleborough seine mittlere Reife machte und in einer Band mitspielte, die »Plastikkürbis« hieß. Natürlich tat sie so, als wüsste sie das schon, aber sie merkte, wie Tamsin und Hayley an seinen Lippen hingen.

Als sie sich gerade wünschte, dass sie ihn endlich wieder für sich allein haben konnte, erschienen Abigail und Adam wieder.

»Hallo, hi!«, gurrte Abby, beugte sich zu Ryan hinüber und präsentierte ihm ihr gewinnendstes Lächeln. »Ich heiße Abigail.«

»Hi«, sagte Ryan desinteressiert. Er wandte sich an Livi. »Komm, wir tanzen«, sagte er.

Das war der bislang schönste Augenblick meines Lebens, dachte Livi. Den Ausdruck auf Abigails Gesicht würde sie nie vergessen.

Livi verliebt sich

Um zehn Uhr war Livi leidenschaftlich und unwiderruflich verliebt. Ihr wurde klar, dass jeder andere Junge, für den sie bislang geschwärmt hatte, nur Opfer einer kindischen Gefühlsregung gewesen war: Das hier war die wahre Liebe.

Ryan war so cool, so Klasse, wie hatte sie jemals denken können, dass sie in diese unreifen Knaben aus ihrem Jahrgang verliebt sein konnte? Sie unterhielten sich über tausend verschiedene Themen, er wollte offensichtlich alles über sie wissen und fragte sie nach Brüdern und Geschwistern aus, wie lange sie schon in Leehampton wohnte und was ihre Lieblingsfächer waren. Noch nie hatte Livi einen Jungen getroffen, der sich so für die alltäglichen Dinge des Lebens interessierte.

»Was ist das für eine Band, in der du spielst?«, fragte Livi.

»Ach, das ist nur eine Truppe von unserer Schule«, sagte er. »Wir haben damit angefangen, weil wir Spenden für irgendwas sammeln wollten, und von da an ging es eben einfach weiter. Magst du Musik?«

Livi nickte.

»Ich liebe Musik«, sagte sie, wie um Verzeihung bittend. »Ich spiele fast alles, aber ich bin besser in den klassischen Sachen – mit Klavier und Oboe kannst du ja wohl auch kaum Heavy Metal machen!«

Ryan grinste.

»Mein Vater hat früher auch in einer Band gespielt«, fügte Livi hinzu. »Ich kann nur hoffen, dass es damals weniger peinlich war als heute, wenn er seine Elvis-Imitationen auf unseren Weihnachtspartys macht ...«

Sie brach ab und dachte plötzlich daran, dass Papa in diesem Jahr nicht da sein würde, um seinen Elvis nachzumachen oder irgendwas anderes.

»Dein Vater macht auch Musik? Echt?« Diese Mitteilung schien bei Ryan eine unangemessene Freude hervorzurufen. »Was spielt er denn?«

»Gitarre.«

»Ich auch!«, rief Ryan. »Das ist ja super – ich meine, es ist ein Superzusammentreffen.«

Sie tanzten eine Zeit lang schweigend weiter und dann sah Ryan auf sie herunter.

»Ich find das unheimlich cool, dass wir uns getroffen haben«, sagte er.

Vielleicht bedeutete das – bitte, bitte, lass es bedeuten, dass es ihm ähnlich ging wie ihr und dass er sie auch besser kennen lernen wollte.

Als die Lichter wieder angingen und der DJ ankündigte, dass er eine kurze Pause machen würde, drängelten sich Ryan und Livi zum Abkühlen bis zu dem Ecktisch zurück. Als Ryan ihre Hand ergriff und fest hielt, fühlte Livi einen Freudenschauer, einerseits wegen der Berührung und andererseits, weil sie sehen konnte, dass ihre Freundinnen total aus dem Häuschen waren, weil Livi, die sie immer für völlig unbegabt beim Flirten gehalten hatten, jetzt von dem tollsten Jungen im ganzen Saal angemacht wurde.

Sie hatten sich gerade in eine ziemlich hitzige Diskussion über die Vorzüge von *Oasis* gegenüber den *Crash Course Kids* gestürzt, als es an der Tür irgendeine Aufregung gab.

»Bitte, ich muss hier rein, ich muss rein – ich muss meinen Bruder finden!«

Livi und Hayley drehten sich beide beim Klang der ihnen vertrauten Stimme um.

»Bitte, es ist ein Notfall!«

Es war Tasha. Sie trug weite, labberige Baumwollhosen und ein knallgrünes T-Shirt und sah sich ängstlich im Saal um, während der Türsteher sie ohne Eintrittskarte nicht hereinlassen wollte.

»Was ist denn mit der los?« Tamsin drehte sich um. »Und was hat sie denn bloß an?«

Livi machte sich weniger Gedanken über das Outfit von Tasha als über ihren sehr offensichtlichen Kummer.

»Sie geht in meine Klasse«, erklärte sie Ryan. »Ich versuche mal rauszufinden, was da läuft.«

»Ich komm mit dir.« Ryan schob seinen Stuhl zurück und stand auf. Als sie zur Tür kamen, war Tasha bereits in Tränen ausgebrochen.

»Sie wollen mich nicht reinlassen und ich muss unbedingt Adam sprechen«, sagte sie. »Es ist etwas Schreckliches passiert.«

»Ich hole ihn«, bot Livi an und rief den anderen zu: »Wo ist Adam?«

»Er und Abby sind vor etwa zwanzig Minuten nach draußen gegangen«, sagte Tamsin. »Sie sagten, sie wollten ein bisschen frische Luft schnappen, aber ich denke eher …«

»Wer will schon wissen, was du denkst?«, fauchte Livi. »Das ist ein Notfall.«

Tamsin machte den Mund auf und klappte ihn wieder zu, wie ein verdatterter Goldfisch. Sie hatte noch nie erlebt, dass Livi jemandem widersprochen hatte.

Ryan, Livi und Tasha suchten draußen die Straße ab, aber sie konnten weder Adam noch Abigail finden. Gerade als Tasha sich zum zweiten Mal in Tränen auflösen wollte, hörte Livi aus einem Hauseingang gegenüber auf der anderen Seite von der Straße Stimmen. Adam und Abby saßen auf der Treppenstufe, tranken Limonade und kicherten haltlos.

»Da ist er ja!«, sagte Livi triumphierend. »Adam, komm her – Tasha muss dich unbedingt sprechen!«

Adam hörte auf zu kichern, hielt die Flasche immer noch in der Luft und starrte über die Straße zu ihnen hinüber. Er rührte sich nicht.

»Dein kleines Schwesterchen braucht dich!«, zwitscherte Abby und lachte wieder laut los.

»Was läuft denn da ab?« Hayley und Tamsin waren neugierig dazugekommen und standen jetzt bei ihnen draußen vor dem *Stomping Ground.*

»Ich glaube«, sagte Ryan und wandte sich ihnen mit einem ernsten Gesicht zu, »dass eure Freunde wahrscheinlich zu viel getrunken haben.«

Drama im Hauseingang

Tasha flitzte über die Straße.

»Adam!«, schrie sie unter Tränen, »du musst nach Hause kommen! Es geht um Mama, sie ist ins Krankenhaus gebracht worden.«

Adam starrte sie verständnislos an. Abby blinzelte und wischte sich mit der Hand über die Augen.

»Was hast du bloß am Leibe?«, lästerte Abigail und Livi bemerkte erst jetzt, dass Tasha indische Kleidung trug.

Tasha kümmerte sich nicht um Abigail, sondern schüttelte ihren Bruder an der Schulter.

»Adam? Was ist los mit dir? Hast du nicht gehört, was ich gesagt habe? Mama ist krank!«, brüllte sie.

Adam versuchte aufzustehen und schwankte dann unsicher auf den Füßen. Die Flasche rollte über das Pflaster, bis zu Livis linkem Fuß. Sie bückte sich und hob sie auf.

»Es ist *Kickstart.*« Sie schnappte ungläubig nach Luft.

»Alkoholischer Obstsaft.« Sie starrte ihren Ex-Freund an. »Adam«, sagte sie angeekelt, »du bist ein kompletter Idiot.«

Adam sah sie an, als hätte er Schwierigkeiten, ihr Gesicht zu erkennen.

»Ach, sei nicht so verkniffen«, sagte er. »Was ist denn schon groß dabei?«

Ryan nahm die leere Flasche aus Livis Hand und schleuderte sie mit unnötiger Wucht in eine Abfalltonne in der Nähe.

»Was geht dich das ...«, fing Adam an, aber Tasha unterbrach ihn.

»Du musst dich jetzt zusammenreißen«, wiederholte sie und machte keinen Versuch, die Tränen zu verbergen. »Nun komm schon – Dadu und Dida warten im Auto ...« Sie zeigte die Straße hinunter, wo ein dunkelgrüner Jaguar unter einer Straßenlampe geparkt stand.

»Nenn sie nicht so!«, explodierte Adam plötzlich. »Ich habe dir gesagt, es heißt Großvater und Großmutter oder Oma und Opa.« Er starrte wild in die Gesichter seiner Schulfreunde. »Sie nennt sie immer noch mit den gleichen

Namen wie als Baby«, sagte er, wie um Verzeihung bittend. »Meine Großmutter ...«

»... wartet auf dich, damit wir deine Mutter besuchen können.« Alle drehten sich um. Eine elegante dunkelhäutige Frau mit grauen Haaren, die straff zurückgekämmt und im Nacken zu einem Knoten geschlungen waren, war neben Livi aufgetaucht und sah von dort kühl auf Adam und Abigail herunter. Sie trug einen jadegrünen und goldenen Sari und viele goldene Armreifen, die an ihren schlanken Handgelenken klingelten.

Abigail rappelte sich auf, ihr Mund stand offen.

»Sie sind Adams Großmutter?«, fragte sie ungläubig.

Die Frau neigte leicht ihren Kopf.

»Das bin ich«, sagte sie. »Und jetzt, Adam, bitte – ins Auto. Deine Mutter hatte einen Zusammenbruch. Zweifellos hängt der mit den ganzen Sorgen zusammen wegen ...«

»Ich komme ja schon!«, unterbrach Adam sie hastig. Er drehte sich zu Abigail um.

»Ich ruf dich an«, sagte er.

Abby antwortete nicht. Sie starrte immer noch die Großmutter von Adam und Tasha an.

»Die Ärmsten«, seufzte Livi, als die drei in das Auto stiegen und wegfuhren.

»Hoffentlich ist es nichts Ernsthaftes«, sagte Hayley. »Ein Zusammenbruch – das klingt ganz schön schlimm.«

»Was ist mit dir, Abby?«, fragte Tamsin, weil Abby immer noch bewegungslos dastand und ins Leere starrte.

Abigail sah sie alle entsetzt an.

»Ich kann es einfach nicht glauben.« Sie fuhr sich mit den Fingern durchs Haar.

»Mach dir keine Sorgen, ich bin sicher, seine Mutter wird schon …«, fing Livi an, die zwar keine große Zuneigung zu Abby empfand, sich aber vorstellen konnte, wie viel Angst sie jetzt haben musste.

»Seine Mutter ist mir völlig egal!«, fuhr Abigail sie an. »Wenn das wirklich Adams Großmutter war, weißt du, was das dann bedeutet?«

Die Clique sah sie mit offenen Mündern an.

»Ich war mit einem Inder befreundet!« Sie spuckte die Worte voller Ekel aus. »Mein Vater bringt mich um!«

Livi war die Erste, die wieder reden konnte.

»Wie kannst du so was Gemeines sagen! Das ist doch völlig egal, was für eine Nationalität er hat!«

Tamsin runzelte die Stirn. »Reilly klingt für mich nicht sehr nach einem indischen Nachnamen«, murmelte sie.

Hayley seufzte. »Tamsin, manchmal bist du wirklich sehr schwer von Begriff«, sagte sie in ihrer direkten Art. »Sein Vater ist offensichtlich Engländer oder Ire, mit so einem Namen, und seine Mutter ist Inderin.«

»Ein Mischling!«, jaulte Abigail, als ob sie gerade entdeckt hätte, dass Adams Familie Kannibalen wären.

»Abby!«, brüllten die drei anderen ungläubig.

Ryan sah Abigail angewidert an und legte Livi eine Hand auf die Schulter.

»Komm«, sagte er, »es ist schon fast elf und ich möchte noch mal tanzen, bevor sie zumachen.«

Livi vergaß sofort ihren Zorn und dachte beglückt daran, dass sie zum ersten Mal am Ende einer Disko noch auf der Tanzfläche sein und nicht ihr Spiegelbild in einem Glas Limo betrachten würde.

»Der Kerl ist ein Trottel!«, knurrte Ryan, als sie sich

zurück auf die Tanzfläche drängelten. »Er ist doch noch ziemlich jung, mit dem Zeug kann er sich ganz schön schaden.«

Livi hatte Adam vorher nie als ein Kind gesehen, aber im Vergleich mit Ryan wirkte jeder andere aus ihrer Klasse ziemlich kindisch.

»Wenn ich sehe, wie Leute die Kontrolle über sich verlieren, weil sie betrunken sind, dann macht mich das stinksauer und ich möchte sie am liebsten so lange schütteln, bis es wehtut.« Ryan ballte seine Hände zu Fäusten.

»Das ist ja wohl nicht unser Problem.« Livi überlegte, warum Ryan sich so sehr über einen Kerl aufregte, den er noch nicht mal kannte.

»Es war mein Problem«, sagte er. »Und auch das von meiner Mutter. Mein Vater wurde von einem betrunkenen Fahrer totgefahren«, fügte er leise hinzu.

»Das ist ja schrecklich«, sagte Livi.

Sie tanzten schweigend weiter. »Was mich so unglaublich sauer macht, ist die Art, wie Abigail sich benimmt. Das ist das Mädchen, mit dem er geht«, brüllte sie dann über die Musik hinweg. »Wie können sich Leute nur so fies benehmen? Was macht das schon aus, wer seine Mutter ist oder wer sein Vater?«

»Manchmal macht es was aus«, sagte er leise, als ob er zu sich selbst reden würde.

»Wie bitte?«

»Ach, nichts.« Ryan schüttelte den Kopf. »Aber, du kannst es nicht nur deiner Freundin in die Schuhe schieben: Ihre Eltern müssen ziemlich viel Vorurteile haben, dass sie solche Sachen denken kann.«

»Wahrscheinlich hast du da Recht«, stimmte Livi ihm zu.

Ryan lächelte sie an und zog sie näher an sich heran. Alle Gedanken an Abigails Vorurteile und Tashas Mutter verschwanden aus Livis Kopf.

Als die letzte Platte sich dem Ende näherte, schickte sie ein dringendes Gebet zum Himmel.

Bitte, lieber Gott, mach, dass er sich mit mir wieder treffen will, flehte sie schweigend. Bitte. Wenn du ihn dazu bringst, lieber Gott, werde ich dich nie wieder um irgendetwas anderes bitten. In meinem ganzen Leben nicht. Das versprech ich dir.

Ryan hustete, schluckte und sah ihr direkt in die Augen.

»Ich würde mich gern wieder mit dir treffen«, sagte er. »Wenn du nichts dagegen hast.«

»Oh ja«, seufzte Livi. »Das wäre schön. Unheimlich schön.«

Ryan beugte sich nach vorn und küsste sie leicht auf die Wange.

»Toll«, sagte er. »Schließlich scheinen wir ja eine Menge miteinander gemeinsam zu haben.«

Und wie es sich herausstellen sollte, hatten sie sehr viel mehr gemeinsam, als Livi ahnen konnte.

Livis Mutter benimmt sich daneben

»Tschüs, und danke fürs Mitnehmen!« Livi winkte Hayleys Stiefvater zu und hüpfte die Stufen zu ihrer Haustür hoch. Ich bin verliebt, ich bin verliebt, sang es in ihr. Plötzlich fühlte sie sich, als ob sie mit allem fertig werden könnte, was die Welt an Schwierigkeiten für sie bereithielt. Vielleicht würde sie sogar dieses blöde Lied für das Schulmusical komponieren können. Obwohl sie sich irgendwie nicht vorstellen konnte, dass das Liebeslied an Ryan einen direkten Bezug zur musikalischen Geschichte der Bellborough-Court-Schule hatte.

Ryan würde sie anrufen. Ryan wollte sie wieder sehen. Sie schloss die Haustür auf und warf einen Blick auf ihr Spiegelbild im Garderobenspiegel.

Ich sehe ja fast hübsch aus, dachte sie verwirrt.

»Mama! Ich bin wieder da!«, rief sie. Aus dem Wohnzimmer kam ein Kichern.

»Oh, Judy, du brauchst überhaupt keinen Mann!«, hörte sie Leonora erklären. »Männer machen mehr Ärger, als sie wert sind. Glaub mir, du bist viel besser dran ohne ihn!«

Das ist ja wohl das Allerletzte, dachte Livi. Ihre Mutter brauchte bestimmt keine Nachhilfe, damit sie ihren Vater vergaß. Livi hatte ja geahnt, dass eine Untermieterin bloß Ärger bringen würde.

»Da könntest du Recht haben!« Ihre Mutter lachte und hörte sich äußerst fröhlich an für eine, die an einem gebrochenen Herzen litt.

Livi machte die Tür zum Wohnzimmer auf und sah verdattert auf das Bild, das sich ihr bot.

Ihre Mutter und Leonora hingen in den Sesseln, Judy in ihrem blauen Samtmorgenrock und Leonora in einem voluminösen Kaftan von einer höchst erschreckenden Aprikosenfarbe. Sie hielten in ihren Händen Gläser mit Rotwein und sahen etwas erhitzt aus. Auf dem Couchtisch standen zwei Flaschen, eine davon war leer. Eine Reihe von dicken gelben Kerzen brannte auf dem Kaminsims und ein großer viktorianischer Spiegel, den Livi als den wieder erkannte, der früher an der Schlafzimmerwand von ihrer Mutter gehangen hatte, stand jetzt in der einen Ecke.

»Schätzchen! Da bist du ja wieder!« Ihre Mutter strahlte sie an. »War's schön bei dir?«

»Ja, danke«, erwiderte Livi und betrachtete die beiden Frauen mit kritischen Augen. »Was sollen denn die Kerzen da?«

»Feng Shui«, sagte ihre Mutter.

»Feng was?«

Leonora wedelte mit ihrer juwelenbedeckten Hand durch die Luft.

»Feng Shui«, sagte sie. »Akupunktur für Häuser.«

Und beide brachen in Gelächter aus.

»Ihr seid ja betrunken!«, rief Livi aus.

»Blödsinn, Süße«, protestierte ihre Mutter. »Wir sind nur ein kleines bisschen ...«

»Entspannt«, beendete Leonora den Satz und sie lachten wieder.

»Wir haben Energie gesammelt«, sagte Judy. »Leonora kennt sich da wunderbar aus – sie hat die Kerzen mitgebracht.«

»Gelb«, führte Leonora aus, »das bedeutet Freude und Fröhlichkeit.«

»Mir scheint eher«, sagte Livi von oben herab, »dass ihr bei der Fröhlichkeit keine große Unterstützung mehr braucht. Und warum ist der Schlafzimmerspiegel jetzt hier unten?«

»Der steht für Unglück«, erklärte Leonora. »Deine Mutter konnte sich immer darin sehen, wenn sie im Bett lag.«

Sie nahm noch einen Schluck Wein. »So was entzieht einem die Energie, bei Feng Shui absolut verboten.«

Zum Donner noch mal, dachte Livi, was für eine Verrückte haben wir uns denn hier ins Haus geholt?

Ihre Mutter nahm die Weinflasche und teilte die restlichen Tropfen zwischen sich und Leonora auf.

»Ihr hattet jetzt reichlich genug davon«, sagte Livi streng. »Wisst ihr eigentlich, was das Zeug einem antut?«

Ein peinliches Bild von Adam und Abigail schwamm vor ihren Augen.

»Ach, meine Süße, sei doch nicht so verkniffen«, lachte ihre Mutter. »Wir haben ein paar Gläschen getrunken und es ist ja nicht, als ob wir noch Auto fahren wollten oder so. Jetzt erzähl uns schon von deinem Abend. Hast du wen Nettes kennen gelernt?«

»Wenn du's genau wissen willst, ja«, sagte Livi.

»Oh, wie herrlich. Wie wunderbar«, begeisterte sich Leonora. Sie klopfte auf die Lehne von ihrem Sessel. »Komm her, setz dich und erzähl uns alles.«

Judy nickte.

»Komm schon, Schätzchen – war's ein hübscher Kerl?«

Livi betrachtete ihre aus den Fugen geratene Mutter mit Abneigung. »Ich erzähl dir von ihm, wenn du in einem vernünftigeren Geisteszustand bist. Ich geh jetzt schlafen. Gute Nacht.«

»Gutes Nächtelchen, mein Schätzelchen«, gurrte ihre Mutter.

»Süße Träume«, echote Leonora.

Ziemlich beeindruckt von ihrer neu gefundenen Überlegenheit, schloss Livi die Tür hinter sich und ging nach oben.

»Ich glaube nicht, dass meine Tochter mit uns einverstanden ist«, hörte sie ihre Mutter sagen, während sie die Stufen erklomm.

Endlich einmal, dachte Livi, hatte ihre Mutter etwas total gerafft.

Abigail kriegt die Quittung für ihre Arroganz

Livi verbrachte den Sonntag hauptsächlich mit Klavierspielen und strengte ihre Ohren an in der Hoffnung, das Telefon würde läuten. Außerdem trat sie nie auf das Pedal, damit sie auf jeden Fall auch noch die Telefonklingel hören konnte.

Zweimal sprang sie hoch und schnappte den Hörer, aber beide Male waren die Anrufe für ihre Mutter. Beim dritten Mal war es Sarah.

»Ich glaube, ich hab ihn gefunden!«, schwatzte sie aufgeregt. »Der wohnt auf einem Boot, das heißt …«

»*Grüne Erbse*, ich weiß schon«, sagte Livi und genoss die Tatsache, dass sie Sarah einmal etwas voraushatte.

»Du weißt es schon?« Sarah hörte sich enttäuscht an. »Wieso?«

Also erzählte Livi ihr die ganze Geschichte vom *Stomping Ground* und die Tatsache, dass Ryan auf sie stand und dass sie damit rechnete, dass sie fest miteinander gehen würden, wenn er sie wieder anrief.

»Wenn er nicht anruft, dann geh ich hin und finde ihn für dich«, versprach Sarah. Und Livi überlegte, ob für Sarah das Gebrauchtwerden vielleicht genauso wichtig war wie für Sarahs Freundinnen deren Hilfe.

»Täusche ich mich in der Annahme, dass du vielleicht einen Anruf erwartest?«, fragte ihre Mutter trocken, nachdem Livi noch einmal vom Mittagstisch aufgesprungen war. Sie hatte dabei vor lauter Eifer, schnell ans Telefon zu gelangen, Karotten auf den Fußboden geschleudert und sah dann ziemlich niedergeschlagen aus, als sich herausstellte, dass der Anruf Leonora galt.

»Von dem Jungen, den ich im *Stomping Ground* kennen gelernt habe«, gab sie zu, während Leonoras fröhliches Kreischen vom Telefon aus der Diele zu ihnen hereindrang. »Mama, er ist so cool. Und er hat gesagt, dass er mich anrufen würde, damit wir uns verabreden könnten.«

Ihre Mutter legte Messer und Gabel hin und betrachtete sie sehr aufmerksam.

»Und wo kommt er her? Geht er auch auf die Bellborough?«

Livi schüttelte den Kopf. »Er geht in Kettleborough zur Schule, er lebt auf einem Boot und er hat so unglaublich wunderschöne Augen ...«

»Auf einem Boot?« Bei ihrer Mutter hörte sich das an, als ob Ryan momentan in einem Pappkarton unter der Waterloo-Brücke hauste.

»Nur im Sommer«, korrigierte sich Livi und holte sich Mineralwasser. »Das ist doch völlig in Ordnung.«

Judy betrachtete das Gesicht ihrer Tochter.

»Und wie heißt dieser Wunderknabe?«

»Ryan, ich kenne seinen Nachnamen noch nicht.«

»Oh, das ist ja super. Und du glaubst, ich lass dich mit einem Kerl weggehen, von dem du nicht mal den Namen kennst?«, erwiderte ihre Mutter und attackierte ein Stück Hühnerfleisch unnötig heftig mit dem Besteck.

»Dann hör mir mal gut zu, meine junge Dame, falls er dich einlädt – und es besteht ja immer noch die Chance, dass das alles nur Wichtigtuerei war –, dann möchte ich ihn kennen lernen. Du kannst nicht mit irgendeinem Kerl einfach so losziehen. Du bist erst 14, weißt du, und heutzutage kann man nicht zu …«

Livi knallte ihr Glas auf den Tisch und verschüttete dabei Flüssigkeit über das Tischtuch. Die Worte ihrer Mutter vergrößerten nur die Sorgen, die Livi schon den ganzen Tag geplagt hatten. Was war, wenn Ryan nicht anrief?

»Was soll das?«, explodierte sie. »Warum kannst du dich nicht einmal für mich freuen? Bloß weil du deine eigene Beziehung in den Sand gesetzt hast, willst du, dass ich auch keine mehr habe, was? Du erträgst es nicht, wenn ich glücklich bin.«

Ihre Mutter schüttelte den Kopf.

»Ach, Livi, sei doch nicht so dämlich, natürlich freu ich mich für dich – aber du kannst nicht von mir erwarten, dass ich dich mit jemandem losziehen lasse, den ich nicht kenne. Bring ihn mit nach Hause, und wenn er …«

»Na toll!«, brüllte Livi. »Wenn er dann deine gnädige Erlaubnis bekommt, dann dürfen wir rausgehen und Murmeln spielen. Na, das ist ja super. Ich gehe mit Ryan aus, ganz egal, ob es dir gefällt oder nicht.«

Ihre Mutter hielt die Hände mit den Handflächen nach vorn in einer Geste des Friedens hoch.

»Ich will dich doch gar nicht aufhalten«, sagte sie. »Ich mache mir nur Sorgen, weil ich möchte, dass es dir gut geht. Es gibt so viele seltsame Typen heutzutage.«

In diesem Moment kehrte Leonora von ihrem Telefongespräch zurück. Sie hielt zwei zerbeulte Drahtkleiderbügel in den Händen.

»He, Judy, ich habe mir was überlegt. Wie wäre es, wenn ich dir nach dem Mittagessen den ersten Kurs in Wünschelrutengehen geben würde?«

Wenn wir schon von schrägen Typen reden, dachte Livi, dann hat sich meine Mutter aber die absolut Schrägste aufgegabelt.

Livi übernimmt die Regie

Als am Montagmorgen weder Adam noch Tasha in der Schule auftauchten, wurden viele Vermutungen darüber angestellt, was mit ihrer Mutter nicht stimmte, und viel über Abigails Reaktion beim Zusammentreffen mit der indischen Großmutter getuschelt.

»Hast du am Sonntag angerufen und herausgefunden, was los war?«, fragte Tamsin Abigail freundlich, als sie sich vor der Sportstunde umzogen.

Abigail schüttelte den Kopf.

»Das hättest du aber ruhig machen können«, sagte Hayley vorwurfsvoll. »Adam muss doch ziemlich durch den Wind sein.«

»Adam?«, donnerte Abby und schob sich eine Haarsträhne aus den Augen. »Was glaubst du wohl, wie's mir geht?«

Livi runzelte die Stirn. »Aber ich wusste gar nicht, dass du Adams Mutter kennst«, fing sie an.

»Nicht wegen ihr, du Trottel«, sagte Abigail. »Sondern weil ich seit sechs Wochen mit Adam gehe und nicht gewusst habe, dass er Inder ist ...«

»Abby!« Tamsin wandte sich ihr drohend zu. »Zum Teufel noch mal ...«

»Jetzt reiß dich endlich zusammen, Abigail!«, schimpfte Hayley gleichzeitig. »Das ist ja unglaublich rassistisch, was du da von dir gibst.«

Abigail kriegte einen roten Kopf und sah weg.

Livi machte den Mund auf und wollte auch gerade eine strafende Bemerkung loslassen, aber Hayley nahm ihren Arm und zerrte sie weg.

»Sie ist es gar nicht wert, dass man mit ihr diskutiert«, erklärte sie auf dem Weg zum Sportplatz. »Aber ich hoffe nur, dass bei Tasha und Adam alles in Ordnung ist.«

Livi nickte. »Ich auch. Ich hab eine von diesen ›Ich-denke-an-dich‹-Postkarten gekauft und wollte sie ihnen schicken. Aber vielleicht sollte ich sie lieber persönlich hinbringen?«

Hayley nickte begeistert.

»Klasse Idee. Dann könntest du sie auch an meine Party am Samstag erinnern. Und herausfinden, wie es ihrer Mutter geht, natürlich«, fügte sie hastig hinzu.

Wie sich herausstellte, sollte Livi noch eine Menge mehr erfahren.

In der großen Pause traf sich Livi mit Luke Cunningham vor dem Musiktrakt.

»Na, hat dich Mr. Golding aus den Vorbereitungen des Musicals entlassen?« Sie grinste.

Luke schnitt eine Grimasse.

»Null Chance. Ich habe ihm gesagt, ich wäre hoffnungslos schlecht im Planen und Organisieren, aber er quasselte sein übliches Ding, dass man seine Begabung gar nicht kennt, bis man sie ausprobiert hat, und dass er sich ganz sicher ist, dass ...«

»... er die richtige Person gefunden hat? Ich weiß, mir hat er das auch erzählt.« Sie seufzte. »Also denke ich mal, wir werden es schon irgendwie hinkriegen.«

Luke sah besorgt aus.

»Aber womit fangen wir an?« Er nahm die Brille ab und wischte sie mit einem Pulloverzipfel wieder blank. »Heute Abend treffe ich mich mit Sarah, vielleicht kann ich sie nach einer Idee fragen. Ich sag ihr einfach, dass wir feststecken.«

Livi merkte, wie sie wütend wurde. Na gut. Sarah hatte immer megatolle Einfälle, aber Livi war jetzt endlich an dem Punkt angelangt, wo sie nicht mehr wollte, dass andere ihr sagten, was sie tun sollte.

»Wir machen eine Liste und lassen alle, die mitmachen wollen, unterschreiben«, sagte sie, weil sie sich an Rosalies Rat erinnerte. Wenn diese Frau sich sowieso noch weiter in ihrem Leben herumtreiben sollte, dann könnte Livi genauso gut auch Nutzen daraus ziehen.

»Wir machen eine Spalte mit Leuten, die auftreten wollen, eine andere mit denen, die hinter der Bühne helfen, und dann noch eine für Leute, die bei den Recherchen und beim Schreiben mitmachen.«

Luke sah sie bewundernd an.

»Das hört sich aber sehr organisiert an.« Er sah jetzt fröhlicher aus. »Und was nehmen wir als Thema?«

Livi knabberte an ihrer Lippe.

»Hast du schon an ein Thema gedacht?«

Livi schüttelte den Kopf.

»Noch nicht«, gab sie zu. »Hast du eine Idee?«

»Nein«, sagte Luke. »Und was ist, wenn uns nichts einfällt?«

Livi sah in sein sorgenvolles Gesicht.

»Mach dir mal keine Gedanken«, sagte sie fröhlich. »Uns fällt bestimmt was ein.« Und zu ihrer Überraschung merkte sie, dass sie das wirklich glaubte.

Tasha sagt die Wahrheit

Während der Mittagspause rief Livi zu Hause an, weil sie ihrer Mutter sagen wollte, dass sie erst später nach Hause kommen würde. Nach einer Zeit, die ihr wie eine Ewigkeit erschien, kam schließlich eine atemlose Stimme an den Apparat.

»Hallo!« Es war Leonora, die sich ziemlich kurz angebunden anhörte. »Bei Judy Joplin.«

Livi krümmte sich innerlich. Sie wünschte, ihre Mutter würde ihren angeheirateten Namen benutzen. Das war schon wieder so ein Zeichen, dass sie alle Spuren von ihrem Ehemann beseitigte.

»Ich bin's, Livi«, sagte sie.

»Wer?«

»Olivia«, wiederholte Livi und betete, dass ihre Zehnpencemünze noch nicht aufgebraucht war.

»Oh, tut mir Leid, ich war gerade dabei, meine Heldin Emy zur Vernunft zu bringen, aber das blöde Kind gehorcht mir einfach nicht. Natürlich denken die toten Leute immer, dass sie was ganz Besonderes wären«, fügte sie hinzu.

Diese Frau, dachte Livi, hat eine ernsthafte Macke.

»Ist Mama da?«, fragte sie.

»Nein, sie ist mit ein paar Zwergen abgehauen. Ach, du lieber Gott!« In diesem Moment gab es ein röhrendes Gelächter und Livi hielt den Hörer ein paar Zentimeter weiter von ihrem Ohr weg.

»Ich wollte sagen, sie macht gerade eine Lieferung. Kann ich ihr irgendwas ausrichten?«

»Bitte sagen Sie ihr, dass ich etwas später nach Hause komme. Ich will auf dem Rückweg noch eine Freundin besuchen.«

Sie hörte, wie ein Bleistift über Papier kratzte.

»Okay – ich hab das. Hast du schon mal einen Geist gesehen?«

Livi blinzelte.

»Wie bitte?«

»Geister, Schätzchen, hast du ...« Sie wurden von einer Reihe von Warnpiepsern im Telefon unterbrochen.

»Ich muss jetzt aufhören, ich hab kein Geld mehr«, sagte Livi eilig.

»Wir können ja später darüber reden«, brüllte Leonora.

Wenn Mama schon eine Untermieterin aufnimmt, dachte Livi, dann hätte sie wenigstens eine nehmen können, die im Vollbesitz ihrer geistigen Kräfte war.

Die Straße, in der Adam und Tasha wohnten, hieß Crofter's Close und war eine kleine Sackgasse unten am Billing Hill. Erst als Livi an der Straßenecke stand und den Bus um die Kurve verschwinden sah, wurde ihr bewusst, dass sie die Hausnummer gar nicht wusste. Als sie noch mit Adam gegangen war, hatte er sie nie zu sich nach Hause eingeladen, und obwohl er immer sehr gern über das Haus geredet hatte, das sie in Singapur zurückgelassen hatten, hatte er nie was über sein neues Zuhause erzählt.

Sie wollte schon aufgeben, am nächsten Tag die Hausnummer erfragen und dann die Karte doch lieber in den Briefkasten stecken, als sie einen dunkelgrünen Jaguar erblickte, der in der Einfahrt von einem hübschen kleinen Bungalow hinten in der Sackgasse stand. Es war das Auto, das Adams Großvater am vorigen Samstag gefahren hatte. Nun raffte Livi all ihren Mut zusammen, marschierte zur Haustür und drückte auf die Klingel.

Die Tür öffnete sich und die gleiche elegante Dame, die Tasha und Adam am Samstag mitgenommen hatte, sah auf sie hinunter.

»Ja?« Sie neigte ihren Kopf.

Livi schluckte.

»Ich bin Livi Hunter«, sagte sie. »Eine Freundin von Tasha und Adam.«

»Ja, ich erkenne dich wieder. Ich habe dich am Samstag gesehen.« Die Großmutter lächelte schwach. Sie sah müde und erschöpft aus. »Komm – komm herein.«

»Danke schön, Mrs. ...« Livi merkte, dass sie den Namen der Frau nicht kannte.

»Devi.« Die Großmutter lächelte. »Nimala Devi. Du möchtest wohl gern Tasha sprechen? Adam, der – ist nicht hier.«

Sie seufzte tief, als ob die Abwesenheit ihres Enkels ihr großen Kummer machte.

Sie winkte Livi zu, sie sollte in das Zimmer hineingehen, und ging an den Fuß der Treppe.

»Tasha? Hier ist eine Freundin für dich. Kommst du bitte herunter?«

Livi blickte sich in dem Zimmer um. Auf zwei riesigen Sofas stapelten sich viele Kissen in leuchtend bunten Farben, reich bestickte Wandbehänge zeigten brüllende Tiger und fröhliche kleine Elefanten, und in der hinteren Ecke stand ein hölzerner Wandschirm, reich verziert mit geschnitzten Blüten und Blättern. Livi fand, es war einer der schönsten Räume, die sie jemals gesehen hatte.

Auf dem Kaminsims standen viele Fotografien, dazu gehörte auch die, auf der ein kleines Mädchen auf dem Schoß einer schönen Frau saß. Das kleine Mädchen hatte taillenlanges schwarzes Haar und ein winziges elfenhaftes Gesicht.

»Das bin ich mit meiner Mutter.« Livi drehte sich um und da stand Tasha, die sie trotzig anschaute.

»Sie ist wunderschön. Du siehst ihr sehr ähnlich.«

»Findest du?« Die Andeutung eines Lächelns überflog Tashas Gesicht. Livi stellte die Fotografie zurück und reichte Tasha die Karte.

»Die hab ich dir mitgebracht. Na ja, sie ist eigentlich für euch beide«, korrigierte sie sich. »Von Hayley und mir. Wir haben uns Sorgen gemacht – weil ihr nicht in die Schule gekommen seid. Ihr fehlt uns.«

Tasha sah überrascht drein.

»Wirklich?« In ihrer Stimme klang etwas mit, das sich wie ein sehnsüchtiger Wunsch anhörte.

Livi nickte.

»Natürlich. Wie geht es deiner Mutter?«

»Es geht ihr etwas besser. Sie wird in ein paar Tagen wieder nach Hause kommen.«

»Was war denn mit ihr los?«

»Sie war einfach völlig erschöpft«, antwortete Tasha schnell und stellte die Karte auf das Kaminsims.

Livi überlegte gerade, dass es unüblich war, drei Tage im Krankenhaus zu verbringen, bloß weil man erschöpft war, als sie von Mrs. Devi unterbrochen wurden, die mit einem großen Bronzetablett mit Teebechern und verschiedenen Keksen hereinkam.

»Ich dachte, dass ihr eine kleine Erfrischung gebrauchen könntet.« Sie stellte das Tablett auf den Couchtisch.

»Toll!«, sagte Livi begeistert. Das war aber meilenweit besser als eine Dose Cola oder ein Schokoriegel.

»Ich hoffe, du magst das. Es sind Bengalispezialitäten; ich hab sie für Ghazala gebacken, Tashas Mutter, und wollte sie ihr ins Krankenhaus mitbringen. Sie muss ein bisschen verwöhnt werden, das braucht sie jetzt.«

»Dida, hör auf!« Tasha hatte einen knallroten Kopf bekommen. Ihre Großmutter machte eine abwehrende Handbewegung.

»Das stimmt, denke an das Hindi-Sprichwort: Noch nie hat es jemanden ruiniert, dass er die Wahrheit gesprochen hat«, sagte sie ernst. »Und jetzt entschuldigt mich bitte. Ich muss meine arme Tochter besuchen gehen.«

Tasha sprang auf. »Ich komme mit«, sagte sie. »Bitte!«

Mrs. Devi hielt eine Hand hoch und schüttelte den Kopf.

»Diesmal nicht«, sagte sie. »Deine Mutter wird müde sein. Du bleibst hier, Tasha, und unterhältst dich mit deiner Freundin.«

Sie schaute die beiden Mädchen an.

»Mach das, Tasha. Rede!«

Und dann lächelte sie Livi freundlich an und verließ das Zimmer.

Nachdem sie gegangen war, herrschte einen Augenblick lang unbehagliches Schweigen.

»Warum bist du wirklich gekommen?«, fragte Tasha plötzlich.

Livi sah sie verwirrt an.

»Was meinst du damit? Ich wollte sehen, ob es dir gut geht, und mich nach deiner Mutter erkundigen.«

»Und das andere?« Tasha sprang auf. Plötzlich funkelten ihre dunklen Augen. »Irgendjemand hat etwas gesagt, nicht wahr?«

»Ich weiß nicht, wovon du redest. Wer hat worüber was gesagt?«

Livi überlegte, ob Tasha vielleicht die Vorurteile von Abigail zu Ohren gekommen waren.

»Über uns. Nach dem Abend vorgestern muss doch jemand etwas gesagt haben.« Tashas Augen füllten sich mit Tränen und sie wandte sich ab.

Livi legte tröstend eine Hand auf Tashas Schulter.

»Einige von uns wussten nicht, dass deine Mutter Inderin ist, wenn du das meinst. Aber niemandem von uns macht das etwas aus.«

Sie wollte Abigail lieber nicht erwähnen. Das hatte noch Zeit.

»Als ich damals mit Adam ging, hat er es mir nie erzählt. Es gab zwar keinen Grund, weshalb er sich da Gedanken machen musste …«

Tasha drehte sich wieder herum.

»Adam spricht nicht darüber.« Sie biss sich auf die Lippe, um nicht wieder loszuweinen. »Früher war er nie so, aber seitdem wir hier sind, will er nur noch so wie unser Vater sein, total westlich. Er findet es schrecklich, wenn meine Mutter oder ich uns indisch kleiden. Manchmal habe ich Angst, dass er mich jetzt sogar hasst.«

Eine einsame Träne lief über ihre Wange.

Livi wünschte, ihr würde jetzt das Richtige einfallen, womit sie Tasha trösten konnte. »Natürlich hasst er dich nicht, du bist doch seine Schwester. Und außerdem erzählt er dauernd von eurem Haus in Singapur und wie sehr er es vermisst, und das kann doch nicht sehr westlich sein.«

Das Gesicht von Tasha verzog sich.

»Ihm fehlt nicht nur Singapur.« Sie versuchte die Tränen zurückzudrängen. »Ihm fehlt Papa, sie haben viel miteinander unternommen.«

Livi sah sie fragend an.

»Ist er immer noch in Singapur und arbeitet da? Wohnt ihr deshalb hier bei euern Großeltern?«

»Du weißt also nicht Bescheid? Niemand hat irgendwas erzählt?«

Livi schüttelte den Kopf.

Tasha holte tief Luft und sah Livi direkt in die Augen.

»Ich muss es jemandem sagen. Mein Vater ist im Gefängnis.«

Ihre Stimme brach.

»Und das ist der Grund, weshalb Adam mich hasst. Denn es ist alles meine Schuld.«

Tasha packt aus

Livi saß neben Tasha auf dem Plüschsofa, reichte ihr Papiertaschentücher und hörte zu, während ihre Schulkameradin sich das Herz erleichterte.

»Mein Vater ist Antiquitätenhändler«, erzählte sie. »Früher ist er durch die ganze Welt gereist, um herauszufinden, was die reichen Leute wollten, und dann hat er die richtigen Sachen für sie gesucht. Er hat für viele bedeutende Familien gearbeitet, einmal sogar für den Sultan von Brunei«, fügte sie stolz hinzu.

Livi sah entsprechend beeindruckt aus.

»Na, jedenfalls, im letzten Jahr ist mein Großvater väterlicherseits gestorben und hinterließ ihm ziemlich viel Geld und Papa sagte, er wollte nach England zurückgehen und hier ein Antiquitätengeschäft kaufen. Adam hatte nicht viel dagegen, aber mir machte es schrecklich viel aus – alle meine Freundinnen lebten in Singapur und ich war nur in den Ferien in England gewesen und hatte es immer schrecklich kalt gefunden.«

Tasha knabberte an einem Keks.

»Dann haben wir uns eines Tages fürchterlich gestritten und ich sagte meinem Vater, dass ich nicht mitkommen wollte, ich wollte dableiben, und dass er egoistisch und grausam wäre, wenn er mich zum Mitgehen zwingen würde. Er sagte, ich wäre kindisch und wüsste nicht, was gut für mich wäre, und schließlich bin ich aus dem Haus gelaufen.«

Sie machte eine Pause. Dann redete sie weiter. »Ich

blieb ganz lange weg. Ich weiß, es war albern, aber ich dachte, wenn sie sehen würden, wie unglücklich ich bin, dann würden sie mich im Internat in Singapur lassen und ich müsste nur in den Ferien nach England kommen.«

Livi überlegte, dass man wohl ziemlich unglücklich sein musste, wenn man solch eine Möglichkeit ernsthaft in Erwägung zog.

»Jedenfalls gab es spät am Nachmittag ein schreckliches Gewitter und meine Mutter nahm das Auto und suchte mich.«

Tasha schwieg und starrte ins Leere.

»Hat sie dich gefunden?«, fragte Livi leise.

Tasha nickte.

»Wir fuhren dann nach Hause und der Regen war ganz schrecklich und plötzlich geriet das Auto außer Kontrolle und krachte in einen Lastwagen, der da parkte.«

»Wurdest du verletzt?« Livi hatte die Augen aufgerissen.

Tasha schüttelte den Kopf.

»Nicht sehr, nur Abschürfungen und so, aber das Auto war ein Totalschaden und die Polizei kam und ließ es abschleppen. Und ein paar Tage später kamen Männer zu uns und wollten meinen Vater sprechen. Sie sagten, dass drei winzige Elfenbeinstatuen im Motorraum versteckt gewesen wären.« Wieder traten Tränen in Tashas Augen. »Sie sagten, in den Statuen wären Drogen gewesen.«

»Oh Tasha.« Livi fiel nichts ein, was sie da sagen konnte.

»Sie nahmen meinen Vater sofort fest.« Tasha weinte. »Einfach so. Er schwor, er wüsste nichts darüber, aber sie nahmen ihn trotzdem mit. Jetzt sitzt er dort im Gefängnis und wartet auf seine Verhandlung und er fehlt mir so schrecklich und ich konnte ihm noch nicht mal sagen, wie furchtbar Leid mir alles tut.«

Tasha schluchzte.

»Leid tut, weshalb?«, fragte Livi.

»Hast du denn nicht zugehört?«, fuhr Tasha sie an und wischte sich die Tränen von ihren Wangen. »Wenn ich nicht weggelaufen wäre, hätte Mama nicht mit dem Auto nach mir gesucht. Und die Polizei hätte nie die Statuen gefunden. Und jetzt ist meine Mutter krank und es ist alles meine Schuld!«

Sie stützte den Kopf zwischen ihre Hände, ihre Schultern bebten vor Weinen.

»Hör auf!«, sagte Livi energisch und legte einen Arm um sie. »Hör auf und hör mal zu. Hast *du* etwa die Sachen gestohlen? Hast *du* sie in das Auto getan?«

Tasha sah verwundert hoch.

»Natürlich hab ich das nicht gemacht!«, sagte sie entrüstet.

»Siehst du«, sagte Livi. »Deshalb ist es nicht deine Schuld. Wenn dein Vater sie genommen hat – und du weißt ja noch nicht mal, ob er das getan hat –, dann war das seine Entscheidung und er trägt die Verantwortung dafür und nicht du.«

Tasha sah sie zweifelnd an.

Livi fiel noch etwas ein.

»War das der Kummer, der deine Mutter krank gemacht hat?«

Tasha nickte unglücklich.

»Es war ja so grausam.« Sie fing wieder an zu weinen. »Mein Großvater erlaubt nicht, dass wir von meinem Vater reden. Nicht mal meiner Mutter. Er wollte damals nicht, dass meine Mutter jemanden mit einer anderen Religion heiratet, und jetzt sagt er, dass mein Vater Schande über die Familie gebracht hat.«

Sie schnäuzte sich.

»Deshalb will Adam nichts mehr mit indischen Sachen zu tun haben«, fuhr sie fort. »Wir sehen beide nicht richtig indisch aus und meine Mutter hat immer die westliche Lebensart bevorzugt. Aber meine Großeltern hängen an der Tradition und jetzt, jedes Mal, wenn Adam einen Fehler macht, dann behaupten sie, er wäre wie sein Vater und er würde auch einmal böse enden.«

»Das ist aber ungerecht!«, entfuhr es Livi. »Adam ist nicht jemand, der so was Dummes tut.«

Tasha holte tief Luft.

»Das hab ich auch mal geglaubt, aber jetzt ...« Ihre Stimme brach.

»Was ist jetzt?«, erkundigte sich Livi.

»Livi, ich habe Angst. Seitdem das mit Papa passiert ist, hat sich Adam verändert. Es ist fast so, als wollte er meinen Großeltern jetzt beweisen, dass sie Recht haben, er will ihnen beweisen, dass er auch ein Versager ist.«

»Was meinst du damit?«

»Dieses Alkoholzeugs, was er am Samstag getrunken hat – er behauptet, dass er sich dann besser fühlt, dass er dann nicht über die Gerichtsverhandlung nachdenken muss.«

Livi sah Tasha entsetzt an.

»Aber wie kommt er an diese Sachen heran?«

Tasha zögerte.

»Willst du es mir nicht sagen?«

Tasha schüttelte den Kopf.

»Er kriegt das Zeug von zwei älteren Typen, mit denen er sich immer im Videogeschäft trifft«, flüsterte sie. »Die besorgen ihm das. Aber das ist noch nicht alles. Sie ...«

Sie zögerte.

»Erzähl schon.«

»Na ja, letzte Woche haben sie ihn dazu gebracht, dass er in einem Laden CDs geklaut hat. Sie sagten, wenn er das nicht täte, wäre er ein Weichei und dann würden sie ihm auch nichts mehr von dem Stoff besorgen.«

Livi riss entsetzt die Augen auf.

»Aber das ist ja grauenvoll! Das darf er doch nicht tun! Hast du nicht versucht ihm das auszureden?«

»Natürlich habe ich das!«, entgegnete Tasha. »Aber er macht einfach weiter und tut es trotzdem. Er lässt sich nichts sagen.«

Livi konnte kaum glauben, was sie gerade gehört hatte. Adam, der Junge, den sie mal so heiß geliebt hatte, benahm sich wie ein Trottel. Das machte einfach keinen Sinn.

»Man wird ihn bestimmt irgendwann erwischen«, sagte sie verzweifelt. »Das ist doch vollkommener Blödsinn.«

Tasha holte tief Luft.

»Deshalb muss ich ihm ja helfen«, sagte sie und dann unterbrach sie sich, weil ihr grade klar geworden war, was sie gesagt hatte.

Livi sah sie entgeistert an, plötzlich wurde ihr etwas klar. »Am letzten Wochenende, nicht? Als ich sehen wollte, was du eingekauft hattest?«

Tasha nickte unglücklich.

»Adam hatte das geklaut und ich habe angeboten, ich würde es mitnehmen, und jetzt fühl ich mich so – ach, so schrecklich mies.«

Livi wollte schon widersprechen, als sie durch das Fenster sahen, wie ein grünes Auto vor dem Haus hielt.

»Das sind meine Großeltern«, stammelte Tasha und rieb sich die Augen. »Du sagst doch nichts, ja?«

Livi schüttelte den Kopf.

»Niemandem? Versprichst du mir das?«

Livi nickte zögernd.

»Aber bitte, Tasha, lass dich nicht mehr von Adam zum Helfen verführen. Bitte. Versprichst du mir, dass du da nie wieder mitmachst?«

Tashsa seufzte.

»Ich mach da nicht mehr mit. Aber ich muss irgendeinen Weg finden, wie ich Adam helfen kann. Schließlich, egal, was du sagst, bin ich daran schuld, dass wir jetzt in dieser fürchterlichen Lage sind.«

Eine verwirrte alte Dame

Tief in Gedanken versunken, machte sich Livi auf den Heimweg. Sie wollte helfen, aber sie wusste nicht, womit sie anfangen sollte. Wenn Adam in Läden klaute, würde man ihn bestimmt früher oder später dabei erwischen und das würde alles nur noch schlimmer für ihn machen, für seine Mutter, für alle um ihn herum. Er musste dringend zur Vernunft gebracht werden – aber sie konnte mit ihm nicht darüber sprechen, weil sie Tasha versprochen hatte zu schweigen.

Als sie beim Billing Hill abbog, wurden ihre Gedanken

durch den Anblick einer sehr kleinen älteren Dame in schwarzen Hosen und einem lila Anorak abgelenkt, die in der Mitte von der Straße ging und eine Teekanne in den Händen hielt. Als die alte Dame merkte, dass Livi sie verwundert anstarrte, winkte sie ihr fröhlich zu, als würden sie sich schon seit Jahren kennen.

»Hallo, meine Kleine«, rief sie. »Ist der Tee jetzt fertig?«

Livi schluckte.

»Ich – äh, ich fürchte, ich kenn mich da nicht richtig aus.«

Sie warf einen Blick über ihre Schulter, um zu sehen, ob da noch irgendjemand war, der diese seltsame Person vielleicht kannte.

»Typisch!«, brüllte die alte Dame. »Rosalie sagte, wir würden jetzt Tee trinken, und nun verdurste ich und das ist allen völlig egal!«

»Rosalie? Sie kennen Rosalie?« Livi sah den Hügel hoch zur Villa »Copperbeech«. Doch da schien alles menschenleer.

»Natürlich kenn ich sie«, erwiderte die alte Dame und wedelte mit der Teekanne gefährlich nah unter Livis Nase herum. »Sie ist meine Tochter und sie lässt mich verhungern.«

»Livi, ich weiß gar nicht, wie ich dir danken soll!« Rosalie fuhr sich geistesabwesend mit einer Hand durch die Haare. »Ich hatte mich nur eine halbe Minute umgedreht und schon war sie weg.«

Sie schob ein paar volle Umzugskartons zur Seite und ließ sich in einen Sessel sinken, während sie den Kopf müde auf die Hand stützte.

»Jetzt geht's ihr wieder gut, sie sitzt vor dem Fernseher. Aber der Himmel weiß, wo sie geendet wäre, wenn du sie nicht gefunden hättest.«

Sie angelte mit dem Fuß einen Stuhl heran und bedeutete Livi, dass sie sich setzen sollte.

»Manchmal wandert sie einfach auf und davon«, fügte Rosalie unnötigerweise hinzu. »Sie lebt sonst in Kettleborough bei meiner Schwester Val, aber Val hat momentan irgendeinen Virus, deshalb hab ich ihr angeboten, ich könnte unsere Mutter für ein paar Tage zu mir nehmen, bis ich mit dem Job anfange. Eine tolle Pflegerin bin ich«, fügte sie selbstironisch hinzu.

Livi sah sie vorwurfsvoll an.

»Sie sagt, du würdest ihr nichts zu essen geben.«

Rosalie lachte.

»Arme Mama. Sie hat gerade eben zwei gekochte Eier, ein Stück Obstkuchen und drei Kekse zum Tee gegessen. Ich bezweifle ernsthaft, dass sie noch einen einzigen Krümel essen kann, wenn ich ihr jetzt was anbieten würde.«

Sie bemerkte Livis verwirrten Gesichtsausdruck.

»Meine Mutter leidet an der alzheimerschen Krankheit«, sagte Rosalie leise. »Sie vergisst alles. Sie ist völlig verwirrt. Manchmal weiß sie überhaupt nicht mehr, wo sie ist.«

Livi war ziemlich unbehaglich zu Mute. Sie versuchte immer noch mit aller Macht, die fiese Rosalie zu hassen, aber im Moment gelang ihr das überhaupt nicht – ganz im Gegenteil: Rosalie tat ihr schrecklich Leid. Sie versuchte sich vorzustellen, wie es ihr ginge, wenn ihre Mutter senil würde, aber der Gedanke war so grauenvoll, dass sie ihn schnell wieder verscheuchte.

»Dein Vater ist auf dem Golfplatz, mit einem Bekannten, der vielleicht einen Job für ihn hat«, sagte Rosalie. »Er weiß noch nicht mal, dass meine Mutter hierher gekommen ist. Ich hoffe, dass er sich deshalb nicht zu sehr aufregt.«

»Natürlich tut er das nicht!«, protestierte Livi. »Mein Vater hat ein ganz weiches Herz, er hat im Lions Club immer das Essen für die alten Leute organisiert und hat jede Woche an einem Abend unentgeltlich im Seniorenheim gearbeitet und lauter solche Sachen. Bis du in unser Leben gekommen bist«, fügte sie boshaft hinzu.

Rosalie schien der Seitenhieb kalt zu lassen.

»Das ist etwas anderes. Na ja, wir werden ja sehen. Ich vermute wohl richtig, dass du eigentlich ihn besuchen wolltest?«

Livi schüttelte den Kopf.

»Ich habe auf dem Heimweg eine Freundin besucht. Die steckt in ganz furchtbaren Schwierigkeiten, weil ihr Vater …«

Sie unterbrach sich. Hatte sie denn total den Verstand verloren? Sie hatte geschworen, keiner lebenden Seele irgendeinen Ton darüber zu verraten, und jetzt war sie kurz davor, sich ausgerechnet der Person anzuvertrauen, die sie eigentlich bis in alle Ewigkeit hassen wollte. Das hatte sie sich geschworen! Gerade überlegte sie, wie seltsam es war, dass sie sich immer wieder daran erinnern musste, wie sehr sie Rosalie hasste, als die alte Dame in die Küche geschlurft kam.

»Ich heiß Connie«, verkündete sie Livi. »Wer bist du?«

»Olivia«, sagte Livi schüchtern.

»Das ist eine meiner Lieblingsheldinnen von Shakespeare! *Dass die vertraute Schwätzerin der Luft Olivia schrie.*« Connie breitete ihre Arme weit aus. »Aus ›Was ihr wollt‹, Schätzchen«, strahlte sie, als sie Livis erstaunten Gesichtsausdruck sah. »Das ist eine seiner schönsten Komödien, jedenfalls meiner Meinung nach.«

Und damit schlurfte sie wieder aus der Küche.

Livi wandte sich Rosalie zu.

»Ich finde, sie macht einen ziemlich vernünftigen Eindruck«, erklärte sie, denn wahrscheinlich hatte Rosalie sich die ganze Sache ausgedacht, weil sie ihre eigene Nachlässigkeit vertuschen wollte. »Wer sich so gut an Shakespeare erinnern kann, muss doch im Kopf völlig klar sein.«

»Oh, immer mal wieder«, sagte Rosalie liebevoll. »Und an manchen Tagen erkennt sie nicht mal ihre eigenen Enkel.«

Connie erschien wieder in der Tür.

»Warum kriege ich kein Frühstück?«, maulte sie.

Eine Idee geistert durch Livis Kopf

»Ich bin wieder da!«, rief Livi und warf ihre Schulmappe unten auf die unterste Treppenstufe.

Aus dem Hinterzimmer tönte das Geratter von Schreibmaschinentasten, aber von ihrer Mutter war weit und breit nichts zu sehen.

Livi rannte nach oben und klopfte an Leonoras Tür.

»Wo ist Mama?«

Leonora strahlte sie an, auf ihrer Nasenspitze hing eine witzige Brille, mit der sie wie eine liebe Hexe aussah.

»Olivia!«, sprudelte sie heraus. »Genau dich brauche ich. Deine Mutter ist noch mal in den Tante-Emma-Laden an der Ecke gegangen, um Milch einzukaufen. Sie kommt gleich wieder. Jetzt hör mir mal zu, mein Schätzchen, ich brauch deine Hilfe. Emy ist so unglaublich unkooperativ.«

Livi sah sie fragend an.

»Emy, das ist meine Heldin, 15 Jahre alt, eine schreckliche Klugscheißerin und tot«, erklärte Leonora knapp. »Ihr ehemaliges Zuhause ist jetzt ein Jugendzentrum und sie kehrt ständig dahin zurück und mischt sich in die Leben der Jugendlichen von heute ein. Sag doch mal, Livi: Wie viele von deinen Freundinnen glauben wirklich an Geister? Denn, weißt du, Emy kann sich nur denjenigen zeigen, die an sie glauben, und falls sie ...«

Livi starrte sie fassungslos an.

»Livi, fällt dir dazu was ein?«

»Das ist es«, seufzte Livi. »Das genau ist es!«

»Wie bitte?«

»Geister«, wiederholte Livi, »für mein Musical. Die Geister der damaligen Schüler kommen zurück und beobachten uns. Leonora, Sie sind einfach super!«

Und sie fiel Leonora spontan um den Hals. Dann wurde ihr wieder bewusst, dass das die Frau war, die im Moment ihre Mutter zu lauter verrückten Sachen verleitete.

»Ich weiß zwar nicht genau, was ich gesagt habe«, strahlte Leonora, »aber ich freue mich, wenn es dir geholfen hat. So, und jetzt hör mir doch noch mal zu, was diese Geister betrifft ...«

»Wo ist Leonora?«, wollte Judy wissen, als sie mit der Milch zurückkam.

»Sie sagte, sie wollte ihre Schwester besuchen, um sich die Spinnweben aus dem Kopf wegpusten zu lassen.« Livi grinste. »Sie ist eigentlich ziemlich cool.«

Judy sah sie erstaunt an.

»Das ist wahrhaftig ein dickes Lob, wenn du das sagst.« Sie lachte. »Ich nehme an, dass Papa nicht vorbeigekommen ist?«

Livi schüttelte den Kopf.

»Typisch«, sagte ihre Mutter. »Er wollte den versprochenen Scheck vorbeibringen, aber ich kenne ihn ja gut genug und weiß, dass er das wahrscheinlich nie tun wird. Möglicherweise erwartet er von mir, dass ich dem Gasmann und den anderen bestelle, dass sie auf der Straße singen und sich so ihr Geld verdienen sollen.«

Sie schloss kurz die Augen und gähnte. Livi fiel auf, wie müde sie aussah.

»Mama?«

»Mhhhm?«

»Ich hab dich lieb.« Livi umarmte Judy und drückte ihre Mutter ganz fest.

Judy sah außerordentlich erfreut aus.

»Was im Himmel hat mir das eingebracht?« Sie drückte Livi auch ganz fest.

Livi zuckte die Achseln. Sie wollte das nicht aussprechen. Obwohl ihre Mutter einen totalen Knall hatte, war es wunderbar, wenn man sich bei jemandem so ganz sicher aufgehoben fühlen konnte.

»Och, kein besonderer Grund. Wusstest du schon, dass Rosalies Mutter die alzheimersche Krankheit hat?«

Judy sah sie wieder erstaunt an.

»Nein, wer hat dir das denn erzählt?«

»Ich hab sie getroffen, als sie gerade den Billing Hill heruntergewandert kam.« Und dann erzählte sie ihrer Mutter die Geschichte mit Connie.

Ihre Mutter sah nachdenklich aus.

»Und sie lebt jetzt bei ihnen?«, fragte sie ungläubig.

Livi schüttelte den Kopf.

»Ich glaube, sie bleibt da nur ein oder zwei Tage. Bis die Schwester von Rosalie wieder gesund ist.«

Judy sah immer noch nachdenklich aus.

»Dann wollen wir mal um Rosalies willen hoffen, dass es der Schwester bald besser geht«, sagte sie trocken. »Ich kann mir bei deinem Vater irgendwie nicht vorstellen, wie er mit dieser Situation langfristig fertig wird.«

»Was gibt's zum Abendbrot?« Livi wollte ihre Mutter auf jeden Fall daran hindern, wieder mal einen Vortrag über die Fehler und Macken von ihrem Vater zu halten.

»Cannelloni. Hungrig?«

»Ausgehungert wie ein Wolf. Und total erledigt. Ich will heute Abend garantiert nichts anderes mehr machen als essen und mit Sarah telefonieren und fernsehen.«

»Ach herrje.« Ihre Mutter kräuselte die Lippen. »Das könnte ein bisschen unangenehm werden.«

»Was meinst du damit? Ich hab meine Hausaufgaben schon heute in der Schule gemacht, wenn du dir deshalb Sorgen machst, und Oboe übe ich morgen früh. Ich hab jetzt aber auch nicht mehr das kleinste bisschen Puste in mir.«

Ihre Mutter lächelte.

»Ach, das ist es nicht. Nur dieser Typ, Ryan heißt er doch? Der hat angerufen und gesagt, er würde später vorbeikommen.«

Livi sprang von ihrem Stuhl auf.

»Er hat angerufen? Wann? Um wie viel Uhr kommt er? Warum hast du mir das nicht schon längst erzählt?«

»Hab ich doch grade«, gab ihre Mutter vernünftigerweise zurück. »Und jetzt reg dich nicht auf, er kommt bestimmt erst in einer halben Stunde.«

»In einer halben Stunde!«, quietschte Livi. »Oh, mein Gott, meine Haare! Wie die aussehen! Die krieg ich bis dahin nie trocken.« Livi raste zur Tür.

»Krieg dich mal wieder ein!«, protestierte ihre Mutter und holte eine Schüssel aus dem Backofen. »Wie steht's denn mit den Cannelloni?«

»Die können mich mal!«, keifte Livi.

»Ich glaube kaum, dass sie das mögen«, sagte ihre Mutter trocken, fasste Livi bei den Schultern und schob sie auf einen Küchenstuhl. »Iss!«

Diese Mütter!

Zehn Minuten später hatte Livi einen heftigen Schuckauf, weil sie ihr Abendbrot in Rekordzeit verschlungen hatte. Sie stand in BH und Slip vor ihrem Kleiderschrank, von ihrem nassen Haar tropfte es auf ihre Schultern und sie zerbrach sich den Kopf darüber, was sie anziehen sollte. Plötzlich sahen alle ihre Klamotten unmodern und langweilig aus. Sie konnte doch wohl kaum wieder das Kleid anziehen, in dem er sie am Samstag gesehen hatte, und ihre Mutter hatte weder ihre Leggins noch ihre Seidenbluse gewaschen, was Livi einen Skandal fand und eine Vernachlässigung mütterlicher Pflichten.

Livi dachte gerade über die Vorzüge von dem limonengrünen Minirock gegenüber der lila Caprihose nach, als die Türglocke läutete.

»Du bist bestimmt Ryan«, hörte sie ihre Mutter trillern. »Komm doch mit in die Küche, Livi beschäftigt sich noch mit ihrer Schönheitspflege!«

Livi zuckte zusammen. Ihre Mutter war einfach die totale Peinlichkeit. Wusste sie denn nicht, dass man niemals, niemals einen Jungen glauben lassen durfte, dass man sich wegen ihm Mühe mit dem Aussehen gegeben hatte? Die Typen sollten immer denken, dass man ewig und drei Tage lang wunderhübsch aussah.

»Dann erzähl mir doch etwas über dich!« Judy Hunters Stimme schwebte die Treppe herauf und dann hörte Livi, wie sich die Küchentür schloss.

Sie streifte ein orangefarbenes Top über und einen auberginefarbenen Rock, sprühte etwas zu reichlich Parfüm über sich und sauste zur Treppe. Wenn sie nun die Wahl hatte zwischen einem vollständigen Make-up und Ryan der Gnade ihrer Mutter zu überlassen, dann musste sie jetzt einfach darauf setzen, dass er zu den Typen gehörte, die auf ein natürliches Gesicht standen.

»Hi«, sagte Ryan, als sie in die Küche platzte. »Du siehst klasse aus.«

Livi lächelte und hoffte, dass es ein sehr verführerisches Lächeln war, und sie wünschte sich inniglich, dass Ryan nicht sehen konnte, wie heftig ihr Herz in der Brust bummerte.

»Kaffee?«, fragte ihre Mutter.

»Nein, Mama, wir wollen nur ...«, setzte Livi an, weil sie voller Verzweiflung ihre Mutter daran hindern wollte, ihr Verhör durchzuführen, mit dem sie Livis neue Bekanntschaften immer nervte.

»Doch, schrecklich gern.« Ryan lächelte bezaubernd. Er zwinkerte Livi zu. »Und vielleicht haben Sie nichts dagegen, wenn Livi und ich anschließend einen Spaziergang machen würden?«

Ein Schauder der Vorfreude rieselte Livis Wirbelsäule hinunter.

Ihre Mutter sah sie zweifelnd an. Wenn du es jetzt wagst Nein zu sagen, dachte Livi, dann ziehe ich aus.

»Na ja, ich denke, ein kurzer Spaziergang ist in Ordnung«, sagte Judy.

Livi seufzte innerlich vor Erleichterung. Jetzt würde alles gut werden. Ihre Mutter benahm sich heute tadellos.

Sie hätte mal besser nicht solch ein voreiliges Urteil abgeben sollen.

Während Ryan seinen Becher Kaffee trank, schaffte es Judy, sich sowohl nach seiner Schule, dem Beruf seiner Mutter und seinen Plänen für die Zukunft zu erkundigen. Livi wäre vor Peinlichkeit fast gestorben.

Doch Ryan schien das völlig kalt zu lassen.

»Sie müssen meine Mutter unbedingt kennen lernen. Sie haben eine Menge miteinander gemeinsam: Sie ist Malerin und Illustratorin. In ein paar Wochen hat sie sogar eine Ausstellung in der ›Adnitt Gallery‹«, fügte er hinzu, als ob ihm das gerade erst wieder eingefallen wäre. »Ich könnte Ihnen Karten besorgen.«

Judys Augen strahlten.

»Wirklich?«, fragte sie begeistert. »Das wäre phantastisch.«

»Ich bringe welche für Sie und Ihren Mann vorbei«, sagte Ryan.

»Eine wird dicke reichen«, sagte Judy.

Ryan sah sie fragend an.

»Interessiert sich Ihr Mann nicht für Kunst?«, erkundigte er sich dann beiläufig.

»Nein, er interessiert sich eher für andere Sachen«, gab Judy zurück und Livis Herz schlug einen Salto. Bitte, lieber Gott, mach, dass sie jetzt nichts Schreckliches sagt. »Mike wohnt nicht mehr hier bei uns.«

»Mike? Ihr Mann heißt Mike?«

Judy nickte und sah ihn verblüfft an.

»Oh, nichts weiter, nur, mein Vater hieß, auch Mike«, sagte Ryan hastig. »Er ist tot.«

Judy sah ihn mitleidig an.

»Das tut mir Leid für dich«, sagte sie. »Nein, Mike hat beschlossen, dass er die Nase voll hat vom Ehemann-und-Vater-Spielen und …«

»Mama!«, zischte Livi leise. »Komm, Ryan, wir wollen los.«

Ryan stand auf.

»Also, dann wohnt er gar nicht mehr hier?«, fragte er und Livi fand es seltsam, dass er bei dieser Frage ganz bekümmert aussah. Es war ja ganz nett, wenn man die Eltern seiner Freundin auf seine Seite bringen wollte, aber das ging ihr doch etwas zu weit.

»Ganz richtig!«, bestätigte Judy. »Er hat sich ein neues Zuhause eingerichtet und wohnt mit seiner neuen Partnerin jetzt gleich bei uns um die Ecke.« Sie fing Livis wütenden Blick auf und sah etwas betröppelt drein.

»Na ja, es ist wohl kaum interessant für dich, wenn ich solche Sachen hier ausbreite«, fuhr sie fort und versuchte wieder fröhlicher auszusehen.

Nein, dachte Livi, bestimmt nicht.

»Komm, wir gehen«, sagte sie zu Ryan, bevor ihre Mutter noch etwas anderes Abwertendes über ihren Vater äußern konnte. Als ob Ryan ihre häuslichen Querelen auch nur im Geringsten etwas angehen würden.

Wenn Livi gewusst hätte, wieviel sie ihn noch angehen würden, hätte sie sich noch viel größere Sorgen machen müssen.

»Das ist es.« Ryan zeigte auf ein rot und grün angemaltes Boot, das längsseits des Treidelpfads festgemacht war. »Willkommen auf der *Grünen Erbse*!«

»Es ist wunderhübsch«, begeisterte sich Livi. Sie war ganz bezaubert von den angemalten Blumentöpfen auf dem Kabinendach und den kleinen gerüschten Vorhängen hinter den Fensterscheiben.

»Hallo, Mama«, sagte er zu einer schlanken Frau oben an Deck, die die Haare wie eine Ballerina im Nacken zu einem Dutt geschlungen hatte. Sie saß vor einer Staffelei und malte den Treidelpfad im warmen Abendlicht. »Das ist Olivia, das Mädchen, von dem ich dir erzählt habe.«

Ryans Mutter sah kurz auf, schaute Olivia an und öffnete den Mund.

Dann schloss sie ihn wieder und zwinkerte.

»Hallo«, sagte Livi nervös.

Mit einem kleinen Kopfschütteln legte Ryans Mutter ihren Pinsel hin und stand auf.

»Guten Abend, Livi, ich freue mich, dich kennen zu lernen«, sagte sie leise. Ihre Augen betrachteten Livis Gesicht eindringlich, bis der unter dem Blick etwas unbehaglich wurde.

»Guten Abend, Mrs. …«

»Oh, sag einfach Cordy, wie alle anderen«, sagte Ryans Mutter.

Irgendwo hab ich den Namen schon mal gehört, dachte Livi, aber ihr fiel nicht ein, wann.

»Wir gehen ein bisschen spazieren«, kündigte Ryan an. »Bis später.«

Seine Mutter hielt ihre Hand hoch, wie ein Stoppschild. »Warte mal«, sagte sie. »Du bringst hier eine hübsche kleine Freundin an, die ich kennen lernen soll, und dann gibst du mir gar keine Chance, sie ein bisschen näher kennen zu lernen. Trinken wir doch noch etwas, bevor ihr euch davonmacht.«

»Okay, aber nur kurz«, stimmte Ryan ihr widerstrebend zu.

Sie kletterten durch die enge Tür in die Kabine und Cordy öffnete einen kleinen Kühlschrank und holte eine Flasche Weißwein und eine Flasche Limonade heraus.

»Wohnst du schon immer in Leehampton?«, fragte sie und lächelte Livi an, während sie die Getränke eingoss. »Gehst du hier auch zur Schule?«

Livi nickte und wunderte sich, warum Erwachsene offensichtlich immer von jedem, den sie kennen lernen, die detaillierte Biografie wissen wollen.

»Das ist nett«, sagte Ryans Mutter. »Als Gerold noch lebte, reisten wir so viel herum, dass ich mich immer ziemlich wurzellos fühlte. Ich stamme aus Hunstanton.« Sie sah Livi direkt ins Gesicht. »Das Meer fehlt mir sehr.«

»Ach, wirklich?«, sagte Livi überrascht. »Da kommt auch mein Vater her, meine Großmutter lebt immer noch dort.«

Ryan stellte sein Glas auf den Tisch und stand rasch auf.

»Wir wollen jetzt los«, sagte er. »Bis später.«

Seine Mutter sah ihn an, ihr Gesicht war sehr ernst.

»Gut«, sagte sie schließlich. »Aber, Ryan ...«

»Was denn jetzt noch?«, fragte er ungeduldig.

»Sei vorsichtig.«

Ryan sah etwas verlegen aus.

»Mütter!« Er grinste Livi an.

»Als ob ich das nicht wüsste«, sagte Livi, die sich innerlich noch krümmte, als ihr die unverzeihliche Neugier ihrer Mutter einfiel.

Erst sehr viel später an diesem Abend, als sie hellwach im Bett lag und jeden Moment ihres Abends mit Ryan noch einmal in Gedanken an sich vorbeiziehen ließ, fiel Livi ein, dass er ihrer Mutter erzählt hatte, sein Vater hieße Mike. Doch die Mutter von Ryan hatte behauptet, er hätte Gerold geheißen. Och, so wichtig ist das nun auch wieder nicht, dachte Livi schläfrig. Schließlich war es nur ein Name. Und außerdem war der arme Kerl sowieso tot.

Tante Leonora

Während der nächsten Woche schwankte Livi zwischen dem Zustand von Glückseligkeit und heftigen Panikattacken hin und her. Ryan rief fast jeden Abend an und kam immer häufiger zu Besuch. Ihre Mutter, die normalerweise einen Anfall gekriegt hätte bei der Vorstellung, dass Livi die Ursachen und Auswirkungen der Französischen Revolution zu Gunsten einer Liebesgeschichte einfach ignorierte, konnte sich kaum dazwischenschieben, weil etwas eingetreten war, das Livi als einen höchst angenehmen Schicksalsschlag empfand.

Eines Abends steckte sie ihren Kopf zur Wohnzimmertür herein und fand ihre Mutter und Leonora, in den komischsten Verrenkungen auf dem Boden sitzend, vor, während sie zu den Hintergrundklängen des Regenwaldes etwas murmelten.

»Mama, Ryan kommt vorbei, das ist doch okay, nicht wahr?«

Sie fragte sich, wie es wäre, wenn man zur Abwechslung mal eine normale Mutter hätte.

Judy wickelte ihr linkes Bein von der rechten Schulter und sah sie misstrauisch an.

»Hast du schon deine …«

»Ja, ich habe den Aufsatz fertig, Oboe geübt und meine Bluse gebügelt«, sagte Livi brav auf. »Also, kann er kommen?«

Livi erwähnte nicht, dass er sich bereits auf dem Weg hierher befand.

»Nur für eine Stunde«, sagte ihre Mutter entschieden. »Ryan oder nicht Ryan, du brauchst deinen Schlaf.«

Livi streckte ihr die Zunge raus und grinste.

»Dieser Ryan«, erkundigte sich Leonora, ohne die Augen zu öffnen, »ist das dein Freund?«

»Ja«, sagte Livi kurz angebunden, etwas ungehalten über Leonoras Neugier, aber auch etwas geschmeichelt, weil sie sagen konnte, dass sie einen Freund hatte.

»Lebt anscheinend auf einem Boot«, sagte Judy in etwas skeptischem Ton. Leonora riss die Augen auf.

»Also ist es mein Ryan!« Leonora schnappte nach Luft. »Cordys Junge, na, das ist ja vielleicht etwas!« Sie klatschte erfreut in die Hände. »Ich hab euch doch von meiner Schwester erzählt, der Illustratorin. Sie verbringt die Sommer immer auf diesem alten Boot. Es liegt da unten bei der Schleuse.«

Daher hatte ich also den Namen gekannt, dachte Livi überrascht. »Ryan ist also Ihr Neffe?«, fragte sie ungläubig.

Leonora nickte.

»Ist das nicht überhaupt unglaublich?«, sprudelte sie begeistert los, als die Türglocke läutete.

Livi rannte zur Haustür und ließ Ryan eintreten.

»Wir haben deine Tante hier bei uns wohnen!«, sagte sie vorwurfsvoll, als ob er sie besser über seine Familienbeziehungen hätte informieren sollen.

Ryan riss die Augen auf, als Livi ihn ins Wohnzimmer führte. »Tante Leo? Was machst du denn hier?«

»Ich wohne hier. Ich hab euch beiden das doch erzählt, weißt du denn nicht mehr? Ich hab euch doch von meiner lieben Judy und ihrer niedlichen kleinen Tochter und dem Haus und allem erzählt.«

Ryan runzelte die Stirn.

»Ich dachte, du hättest irgendwas erzählt, dass du bei Joplins wohnen würdest oder so. Ich hatte keine Ahnung, dass du hier bei Livi wohnst.« Er sah ziemlich beunruhigt aus.

»Och, äh, ich arbeite unter meinem Mädchennamen«, sagte Judy. »Das ist wahrscheinlich die Erklärung.« Sie drehte sich zu Leonora um. »Mein verheirateter Name ist Hunter.«

Leonora legte ihren Kopf zur Seite und sah nachdenklich aus.

»Hunter«, wiederholte sie. »Irgendwo hab ich den Namen schon mal gehört, wer war das denn, der Hunter hieß?«

Ryan mischte sich auf einmal energisch ein.

»Na, wir wollen euch nicht länger stören«, sagte er. »Komm, Livi, wir gehen.«

»Er ist ein netter Junge, Judy, sehr zuverlässig«, hörte Livi Leonora sagen, während sie die Wohnzimmertür zumachte. Livi hätte sie umarmen können. Leonora mochte zwar ihre Mutter zum abendlichen Rotweintrinken verführen und zum Ausprobieren von ziemlich bekloppten alternativen Therapien – mit dem Resultat, dass das Wohnzimmer nach Bergamottöl roch und im Milchtopf seltsame grüne Krusten klebten, von denen Leonora behauptete, sie wären das Ergebnis von ihrem Versuch, Lindenblütentee zu kochen. Aber wenn sie jetzt ihre Mutter dazu überredete, Livi auch während der Woche Ausgang zu geben, dann war Livi gern bereit, ihre Überspanntheit mit freundlicheren Augen zu betrachten.

»Oh, das freut mich aber«, hörte Livi ihre Mutter sagen,

als Ryan die Haustür aufmachte. »Jetzt, wo ich weiß, dass es dein Neffe ist, hab ich keine Probleme mehr damit, dass Livi sich so oft mit ihm treffen will.«

Aber das Problem wartete ganz leise genau um die Ecke.

Livi hat große Hoffnungen

Während Livi sich vorgenommen hatte, das seltsame Benehmen von ihrer Mutter und Leonora zu übersehen, gab es eine Reihe von Dingen, die sie nicht so einfach ignorieren konnte. Ryan hatte sie trotz all seiner Sympathiebezeugungen noch nie geküsst, jedenfalls nicht richtig. Manchmal hatte er mit den Lippen ihre Stirn gestreift, aber jedes Mal, wenn es schien, als würde es richtig leidenschaftlich zwischen ihnen werden, hatte er wieder aufgehört.

Livi hatte alles ausprobiert, sie hatte sich jede Stunde die Zähne geputzt, atemfrische Minzbonbons gelutscht, sich von oben bis unten mit Parfüm eingenebelt – aber nichts hatte funktioniert. Sie konnte ja wohl kaum eine ihrer Freundinnen fragen, was sie falsch machte, denn damit hätte sie ja zugegeben, dass sie offensichtlich nicht das kleinste bisschen sexy war.

Sie hatte schon ihre Mutter fragen wollen, aber dann fand sie das doch zu riskant. Wer konnte schon genau voraussagen, wie Judy auf die Vorstellung von ihrer Tochter in einer leidenschaftlichen Umarmung reagieren würde. Vielleicht machte sie dann plötzlich einen auf die ganz mütterliche Tour und verbot Ryans Besuche und das hätte Livi niemals ertragen. Sie hätte wetten können, dass Rosalie alle Tricks kannte. Aber natürlich würde Livi nie auf die Art von billigen Tricks zurückgreifen, die Rosalie wohl benutzt hatte, um Livis unschuldigen Vater einzufangen. Und außerdem hatte Livi allen Grund zu glauben, dass der liebe Gott ihre Gebete erhört hatte und dass ihr Vater sich langsam wieder ganz ernsthaft zu ihrer Mutter hingezogen fühlte.

Dreimal schon war sie diese Woche von der Schule nach Hause gekommen und hatte ihren Vater am Küchentisch sitzen sehen, die Hände um einen Kaffeebecher gelegt, wie er sich mit ihrer Mutter unterhielt. Das erste Mal war das Gespräch ziemlich hitzig, aber Livi bemerkte mit großer Zufriedenheit, dass ihre Mutter beim dritten Besuch Käse und Kräcker auf den Tisch gestellt hatte und über einen Witz ihres Vaters lachte.

»Es ist herrlich«, hatte er voller Zufriedenheit am Abend vorher geschnurrt. »Wie in alten Zeiten.« Und Livi hatte bemerkt, dass ihre Mutter nichts sagte, was auch nur im Entferntesten spöttisch klang, sondern nur gefragt hatte, ob er noch ein Glas Wein wollte.

Wenn die Dinge so weiterliefen, würde es nicht mehr lange dauern, bis Papa wieder richtig zu Hause einzog. Und wenn sie jetzt noch Ryan dazu bringen konnte, ihr seine unsterbliche Liebe zu gestehen, dann wäre das Leben absolut vollkommen.

Aber Vollkommenheit, das findet jeder früher oder später raus, gibt es nur höchst selten.

Aufschlussreiche Recherchen

Das Musical sollte schon in wenigen Wochen stattfinden, doch jetzt, wo Livi sich so oft mit Ryan traf und sich die Dinge mit ihrem Vater so gut entwickelten, genoss sie auch langsam ihre Rolle als Organisatorin.

Die Idee mit den Geistern war ein absoluter Knüller. Plötzlich waren alle Mitspieler und Mitspielerinnen äußerst begeistert, rannten umher und klauten Netzgardinen aus den Schlafzimmern ihrer Eltern, um sich die richtigen Geistergewänder anzufertigen. Sie bastelten Echokisten zur Verstärkung von dem unirdischen Klang ihrer Stimmen. Luke komponierte geisterhafte Musik und Mr. Ostler, der Fachleiter von Musik, der aussah wie ein aufgeregtes Eichhörnchen, übte mit dem Chor ein äußerst gruseliges Lied ein. Zum ersten Mal in ihrem Leben war Livi diejenige, die andern Leuten sagte, was sie tun sollten.

»Mia, du stirbst gerade an Schwindsucht«, sagte sie eines Nachmittags bei der Probe. »Könntest du nicht ein bisschen hinfälliger aussehen? Und Hayley, du bist ein Geist, der bisher noch nie in seinem Leben einen Computerraum gesehen hat, bitte sieh doch mal ein kleines bisschen verdattert aus!«

Was Livi nicht geschafft hatte, war, Tasha oder Adam zum Mitmachen zu bewegen. Tasha behauptete, sie wäre zu schüchtern zum Schauspielern, und Adam meinte, das wäre alles sowieso Quatsch, und warum sollte er bei einem solchen Blödsinn mitmachen.

»Du könntest Sir Ambrose sein«, sagte Livi in der Hoffnung, dass das Angebot einer dramatischen Hauptrolle ihn seine Meinung ändern lassen würde. »Jeder muss etwas beisteuern, das ist Ge-Ge's goldene Regel!«

»Ich male Kulissen«, hatte er widerstrebend versprochen und war hochnäsig davongestampft.

»Livi, wie seh ich aus?«, fragte Tamsin, die ihren Willen durchgesetzt hatte und jetzt Lady Lavinia, die Frau von Sir Ambrose, spielte. Sie wirbelte in einem Empirekleid herum, das von der Aufführung von »Northanger Abbey« vom zehnten Jahrgang übrig geblieben war.

»Gut«, sagte Livi geistesabwesend.

»Nein, das stimmt noch nicht.« Tasha kam aus der Ecke, in der sie gesessen und sich als Souffleuse betätigt hatte. »Die Schärpe hat für dieses Kleid die falsche Farbe. Schau mal, das passt besser.« Sie griff aus der Kleiderkiste nach einer lavendelfarbenen Schärpe. Das ganze Kleid sah jetzt völlig anders aus.

»Toll!«, sagte Tamsin bewundernd. »Das ist ja cool! Danke, Tasha.«

Livi fiel wieder ein, wie Tasha sofort gewusst hatte, welches Kleid zu ihr passte, als sie sie damals beim Einkaufen getroffen hatte.

»Kannst du dich nicht um die Kostüme für die Waisen und die Geister kümmern?«, bat Livi Tasha noch am gleichen Nachmittag. »Und lass dir doch mal etwas einfallen, was Sir Ambrose tragen könnte. Du bist in so was einfach toll.«

Tasha dachte nach.

»Na ja, okay«, sagte sie dann. »Das würd ich gern machen. Aber ich weiß nicht genau, was die Leute damals in England angezogen haben.«

»Kein Problem.« Livi fiel wieder das Angebot von Rosalie ein. »Das kannst du mir überlassen.«

Am folgenden Nachmittag ging sie auf dem Heimweg bei der Villa »Copperbeech« vorbei, in der Hoffnung, dass Rosalie auch Bücher über historische Kostüme besaß.

Als sie in die Einfahrt einbog, hörte sie laute Stimmen.

»Ist das nicht typisch!«, schrillte Rosalies Stimme durch das offene Fenster. »Hier bin ich, arbeite wie eine Blöde, und dann bitte ich dich mal um einen kleinen Gefallen ...«

»Einen kleinen Gefallen! Ich soll mich einen ganzen Tag an das Haus und eine verrückte alte Frau ketten lassen? Da hab ich aber was Besseres zu tun!«

»Ach ja, und was? Darauf zu warten, dass dir diese wunderbaren Jobs in den Schoß fallen? Stundenlang auf dem Golfplatz rumhängen? Dein Arbeitslosengeld auf den Kopf hauen?«

Livi stand völlig baff vor der Haustür. Sollte sie klingeln? Oder weggehen und so tun, als hätte sie nichts gehört?

»Aber ich will mit dir allein sein«, sagte Mike. »So wie früher. Kann deine Mutter nicht in ein Heim gebracht werden? Nur bis es deiner Schwester wieder besser geht?«

Die Stimme von Livis Vater hatte jetzt einen bettelnden Unterton.

»Nein, das kann sie nicht!«, brüllte Rosalie. »Du warst doch derjenige, der ein großes Haus wollte, damit alle Welt glauben sollte, dir ginge es bestens. So, und jetzt, wo wir den ganzen Platz haben, werden wir auch meine Mutter hier behalten!«

»Ach ja?«, brüllte Mike zurück. »Wenn ich mich mit diesem ganzen Haushaltsscheiß hätte rumschlagen wollen, dann hätte ich ja auch zu Hause bleiben können.«

»Und warum bist du dann nicht da geblieben?« Rosalies Stimme hörte sich an, als ob sie gleich losheulen wollte. »Wenn das, worum ich dich bitte, so schrecklich ist, warum gehst du dann nicht einfach zurück zu Judy?«

»Vielleicht mach ich das auch!«, donnerte Livis Vater und danach hörte Livi eine Tür knallen und dann konnte sie nichts mehr hören.

Sie drehte sich um und ging den Weg zurück. Es hörte sich nicht gerade danach an, als ob ihr Vater und Rosalie noch wild ineinander verliebt waren, sondern eher so, als ob er wirklich wieder demnächst nach Hause kommen wollte. Dann würde Rosalie endlich kriegen, was sie verdiente.

Livi wunderte sich nur, warum ihr dabei nicht fröhlicher zu Mute war.

Partyschreck

Hayleys Party war die erste, die Livi richtig genoss, seitdem Melissa, Sarahs Schwester, damals ihren 18. Geburtstag gefeiert hatte. Obwohl Sarah diesmal leider nicht dabei war, sondern mit Mandelentzündung im Bett lag. Dass es Livi so gefiel, lag einzig und allein an Ryan. Mit dem Jungen zusammen zu sein, für den alle anderen schwärmten, war eine ungeheuer tolle Erfahrung. Livi merkte auf einmal, dass sie witzig sein und sich über jedes Thema unterhalten konnte, ohne sich ein einziges Mal Sorgen zu machen, ob sie sich doof oder langweilig anhörte oder ob ihr Make-up auch wirklich ihre Sommersprossen ordentlich überdeckte. Doch das Schönste, was ihr passierte, war der Anblick des nackten Neides auf Abigails Gesicht. Nachdem sie mit Adam in der Woche zuvor Schluss gemacht hatte, war sie wieder allein und das war wohl, wie Livi einschätzte, eine ganz neue Erfahrung für sie.

Nachdem die Party ungefähr zur Hälfte vorüber war, fasste Hayley Ryan am Arm.

»He, du da«, sagte sie, »komm und tanz mal mit mir. Du musst, jeder muss mal mit dem Geburtstagskind tanzen!«

Ryan lachte.

»Okay, okay, ist ja schon gut.« Er ließ sich wegziehen. »Bin gleich zurück«, sagte er Livi als stumme Botschaft mit den Augen.

Livi goss sich gerade ein neues Glas ein, als jemand hinter ihr auftauchte und die Hände über ihre Augen legte.

»Uff!« Livi verschüttete den Punsch über ihr Kleid. Sie drehte sich blitzschnell um.

»Adam!«

Er stand mit einem dämlichen Grinsen auf den Lippen da, seine wunderschönen blauen Augen glänzten unnatürlich.

»Stimmt«, sagte er, »komm, wir tanzen.«

»Bestimmt nicht«, sagte Livi angewidert. »Du hast ja getrunken.«

»Du hast ja getrunken!«, äffte Adam sie nach. »Natürlich habe ich getrunken, was macht man denn sonst auf Partys?«

Tasha, die auf der untersten Treppenstufe gesessen und sich mit Mia unterhalten hatte, kam jetzt dazu und holte sich auch etwas zu trinken. Sie warf einen Blick auf das erhitzte Gesicht ihres Bruders und explodierte.

»Adam! Bist du verrückt geworden? Du hast gesagt, du würdest von dem Zeug nichts mehr trinken!« Sie blickte sich in der Küche um. »Wo ist es denn?«

»Alles weg.« Adam strahlte. »Leider«, fügte er bedauernd hinzu.

»Hast du denn total den Verstand verloren?«, schrie Tasha. Ein paar Gäste waren durch die lauten Stimmen aufmerksam geworden und hatten sich an der offenen Küchentür versammelt.

»Wenn du dich so benimmst, dann hilft uns das überhaupt nicht weiter. Mama ist im Krankenhaus, Papa ist im Gefängnis und jetzt machst du …«

Sie unterbrach sich, völlig entsetzt über das, was sie gerade gesagt hatte.

»Gefängnis?«, flüsterte jemand an der Tür.

»Halt die Klappe!«, dröhnte Adam. »Wie konntest du nur! Jetzt wissen es alle!«

Er schob seine Schwester aus dem Weg, zwängte sich durch die Zuschauer in die Diele und stolperte durch die Haustür davon. Tasha brach in Tränen aus. Alle Herumstehenden sahen peinlich berührt aus und wussten nicht so recht, was sie tun sollten. Aus dem abgedunkelten Wohnzimmer donnerten die *Smashing Pumpkins* aus der Stereoanlage und in der Küche fingen die Leute an zu murmeln.

»Solche Leute benehmen sich eben so«, hörte Livi Abigail zischeln.

»Weshalb ist er im Gefängnis?«, flüsterte jemand anderes.

»Er war betrunken!«

Livi reichte es jetzt.

»Kümmere du dich um Tasha«, sagte sie zu Tamsin. »Ich sehe nach Adam.«

»Geht es dir jetzt besser?« Livi reichte Adam ihr Taschentuch.

Sie hatte ihn draußen im Garten gefunden, wie er sich laut und ziemlich unattraktiv hinter einem Blumenbeet übergab.

Als er damit fertig war, merkte Livi, dass er auch weinte. »Hör mal«, sagte sie und setzte sich auf den Rasen neben ihn. »Ich weiß über deinen Vater Bescheid.«

»Tasha hat es dir gesagt«, bemerkte Adam teilnahmslos und wischte sich den Mund mit dem Taschentuch ab.

»Ja, sie hat es mir gesagt«, gab Livi zu. »Sie macht sich große Sorgen wegen dir. Das ist einfach nicht fair, Adam.«

»Ich weiß«, stimmte er ihr zu. »Mein Vater ist unschuldig. Ich weiß, dass er das ist.«

»Das hab ich nicht gemeint«, unterbrach ihn Livi. »Die Art und Weise, wie du dich verhältst ist nicht fair. Nicht fair gegenüber Tasha oder gegenüber deiner Mutter oder gegenüber deinem Vater.«

Adam starrte sie an.

»Was meinst du damit?«, murmelte er.

»Vielleicht ist dein Vater unschuldig und hält es dort nur deshalb aus, weil er sich an den Gedanken klammert, dass ihr hier alle einander beisteht und euch gegenseitig unterstützt«, sagte Livi. »Stattdessen wälzt du dich in Selbstmitleid …«

»Das tu ich gar nicht«, fing Adam an zu protestieren.

»Doch, das machst du wohl!«, gab Livi zurück. »Du trinkst, weil du dich dann gut fühlst, und denkst überhaupt nicht daran, wie es andern Leuten dabei geht. Du klaust und ziehst deine Schwester auch noch da mit rein. Du bist einfach widerlich«, fügte sie hinzu, um ganz deutlich zu machen, was sie meinte.

Adam schwieg.

»Sieh mal«, sagte Livi etwas freundlicher. »Du hast das doch gar nicht nötig. Du hast doch uns, alle deine Freunde. Wir stehen hinter dir.«

»Ach ja?«, sagte Adam spöttisch. »Abby konnte sich gar nicht schnell genug vom Acker machen.«

»Das hat doch nichts mit deinem Vater zu tun und das weißt du auch. Abigail ist voller Vorurteile, eine ganz miese Angeberin. Es gibt viel nettere Mädchen als sie.«

Adam rülpste.

»Aber ehrlich gesagt, wenn du dich so benimmst, hält sich jedes Mädchen, das auch nur drei klare Gedanken fassen kann, von dir fern«, fügte sie schneidend hinzu.

Adam sah aus, als wäre ihm wieder übel, und Livi merkte, dass seine Haut wieder einen grünlichen Schimmer bekam.

»Ich glaube, ich mag das Zeug nicht einmal«, gestand er. »Es hilft mir nur dabei, dass ich nicht mehr über meinen Vater nachdenken muss, der so weit weg von uns auf seine Verhandlung wartet …«

»Mit Freunden zusammen sein funktioniert genauso gut«, sagte Livi. »Und es ist viel besser für deine Leber.«

Adam lächelte schwach.

»Das Schlimmste ist, dass ich mich mit niemandem darüber unterhalten kann. Mein Großvater ist so schrecklich gegen meinen Vater eingestellt, dass man es kaum glauben kann; und wenn ich mit andern darüber reden würde, dann wäre es, als würde ich meinen Vater hintergehen.«

»Du kannst jederzeit mit mir darüber reden«, bot Livi ihm an.

»Kann ich das? Ich dachte, ich meine, also, du und dieser Ryan …«

»Ich gehe mit Ryan, klar. Aber deshalb können wir doch trotzdem Freunde sein, oder?«

Adam antwortete nicht, er übergab sich wieder hinter einem kleinen Lorbeerbusch. Livi dachte: Wenn es etwas gibt, das kein bisschen sexy und überhaupt total unattraktiv ist, dann ist das ein Junge, der sich auskotzt.

»Entschuldigung«, sagte er.

»Versprichst du mir, dass du das Zeug nicht mehr anrührst?«, fragte Livi. »Damit löst du nämlich überhaupt kein Problem.«

»Ich weiß«, sagte Adam. »Und so, wie ich mich jetzt fühle, will ich sowieso nie mehr in meinem Leben trinken.« Er holte tief Luft.

»Ich sollte lieber zurückgehen und Tasha finden. Ich habe mich in letzter Zeit ihr gegenüber ziemlich mies benommen. Wahrscheinlich hasst sie mich jetzt.«

Livi schüttelte den Kopf.

»Natürlich hasst sie dich nicht. Sie glaubt, dass *du* sie hasst.«

Adams Augen weiteten sich vor Überraschung.

»Aber ich hasse sie doch nicht«, sagte er. »Zuerst hab ich ihr die Schuld gegeben, aber das war nur, weil ich irgendeinen Schuldigen brauchte. Aber ich hasse sie nicht. Schließlich ist sie meine Schwester.«

»Warum gehst du dann nicht zu ihr und sagst ihr das?«, schlug Livi vor.

Ein großer Schock für Livi

»Ich glaube ehrlich, dass es nicht mehr lange dauert, und mein Vater kommt wieder zurück«, erzählte Livi Ryan am Sonntagnachmittag, als sie vom Kanal nach Hause schlenderten.

Als sie gestern von der Party nach Hause gekommen war, hatte sie ihre Eltern im Wohnzimmer beim Kaffeetrinken vorgefunden.

»... also du verstehst, es klappt einfach nicht«, hörte sie ihren Vater sagen, als sie ins Zimmer trat. »Ich will euch beide. Ich ...« Er unterbrach sich, als er Livi sah.

Sie war sich ganz sicher, dass früher oder später dieser verkniffene Ausdruck auf dem Gesicht von ihrer Mutter verschwinden und sie nur noch total glücklich aussehen würde. Ihr Vater wollte sie beide zurückhaben und dann wäre alles für immer in Ordnung.

»Das ist ja toll«, stimmte Ryan ihr zu. »Also, wann stellst du mich ihm denn mal vor? Ich würde ihn wirklich gern kennen lernen, weißt du, mich mit ihm über Musik und so unterhalten«, fügte er hastig hinzu. »Vielleicht könnte er mir auch mal eine von seinen Elvis-Platten leihen.«

Nach den peinlichen Fragen von ihrer Mutter hatte Livi Ryan eine Zeit lang nicht mehr in die Nähe von ihren Eltern lassen wollen, aus lauter Angst vor dem, was sie vielleicht sagen oder machen könnten, aber jetzt, wo die Dinge so viel besser aussahen, konnte sie es wahrscheinlich riskieren.

»Okay.« Sie ließ ihre Hand in seine gleiten und lächelte ihn an. »Was ist es dir wert?«

Ryan blieb stehen und neigte sich zu ihr hinab. Livi hielt den Atem an. Er umarmte sie und drückte sie fest. Das war sehr hübsch, aber es war nicht ganz das, was sie wollte.

Als sie in die Silverdale Road einbogen, sah Livi das Auto von ihrem Vater vor dem Haus stehen.

»Er ist wieder hier!«, erklärte sie mit größter Befriedigung. »Dann kannst du ihn ja jetzt kennen lernen.«

Ryan sah plötzlich etwas ängstlich aus.

»Meinst du wirklich?«, fragte er nervös. »Hat deine Mutter auch wirklich nichts dagegen?«

Livi schüttelte den Kopf.

»Natürlich nicht. Sie mag dich doch.«

Ihr Vater war in der Küche und lehnte am Küchenschrank und Livi hätte vor Glück platzen können, als sie merkte, dass seine Hand auf dem Rücken von Judy lag und dass sie sie nicht abgeschüttelt hatte.

»Ihr seid ja früh zurück«, kommentierte ihre Mutter und Livi hoffte, das bedeutete, dass sie gern noch länger mit ihrem Mann allein geblieben wäre.

»Wir bleiben nicht hier«, versicherte Livi ihrer Mutter eilig.

»Livi! Wie geht es dir, meine Süße?«, rief ihr Vater. »Und das ist ...«

»Papa, das ist Ryan«, sagte Livi.

Ihr Vater streckte die Hand aus und schüttelte heftig die von Ryan.

»Schön, dich kennen zu lernen. Du bist also der Gitarrist?«

Ryan nickte, er konnte seine Augen nicht von Mikes Gesicht abwenden.

»Ich klampfe auch ein bisschen.« Mike setzte sich auf einen Stuhl und griff nach seinem Kaffeebecher. »Schon viele Jahre.«

In den nächsten zehn Minuten unterhielten sich Mike und Ryan über Gitarren, und Mike versprach, dass er seine alten Noten hervorsuchen und sie ihm über Livi zukommen lassen wollte.

»Weißt du was? Ich hole mal eben fix meine Gitarre und wir halten eine kleine Session ab, ja?«

Nein, flehte Livi im Stillen.

»Toll!«, sagte Ryan.

»Na ja, eigentlich wollte ich …«, fing Judy an.

»Das dauert nicht lange«, sagte Mr. Hunter begeistert. »Ich bin in zehn Minuten zurück.«

Ich wusste doch, dass es Ärger geben würde, wenn ich Ryan meinem Vater vorstelle, dachte Livi.

Aber wie viel Ärger, das sollte sie erst noch herausfinden.

Ryan lässt die Bombe platzen

Während ihr Vater quer durch Leehampton fuhr, saß Livi mit Ryan auf ihrem Bett und sie hörten sich ihre neueste CD an. Ryan war ungewöhnlich schweigsam und gab auf Livis Fragen nur einsilbige Antworten. Vielleicht, dachte Livi, war er schüchtern und versuchte jetzt gerade seinen Mut zusammenzunehmen, um sie zu küssen. In diesem Fall wäre es nur nett von ihr, wenn sie es ihm etwas leichter machen würde.

Jetzt, dachte Livi, jetzt oder nie.

»Ich mag dich wirklich sehr gern«, sagte sie und ließ ihre Finger durch seine langen Haare im Nacken gleiten.

Ryan drehte sich um und lächelte sie lieb an.

»Und ich mag dich auch«, sagte er.

Er nahm ihr Gesicht liebevoll in die Hände und zog sie näher heran.

Das ist es, dachte sie begeistert, er wird mich küssen, ich glaube, ich sterbe.

Er beugte sich zu ihr und seine Lippen berührten ihre, blieben unsicher einen Moment auf ihnen haften. Dann ließ er plötzlich seine Hände sinken und wandte sich ab.

»Das dürfen wir nicht«, sagte er. »Tut mir Leid. Wirklich, tut mir wahnsinnig Leid.«

Livi fühlte, wie eine Welle der Enttäuschung sie überrollte.

»Was stimmt denn nicht? Was hab ich falsch gemacht?«

Ryan ging hinüber zum Fenster, die Hände in seinen Taschen. »Ich glaube, wir sollten uns nicht mehr treffen«, sagte er.

Livis Magen machte einen dreifachen Überschlag und ihr war auf einmal schlecht. Das konnte er doch nicht wirklich meinen! Nicht Ryan. Sie hatten sich doch so gut verstanden!

»Warum? Was hab ich getan? Ich dachte, du könntest mich leiden! Du hast gesagt, du magst mich.«

Ryan drehte sich um und sah sie an, sein Gesicht war leicht gerötet. Er kam zurück, setzte sich neben sie und streichelte ihre Schulter.

»Oh Livi, und wie ich dich mag. Ich mag dich wirklich sehr.«

»Aber warum dann?«, flehte Livi. »Sag mir einen einzigen guten Grund, warum!«

Ryan holte tief Luft.

»Weil«, sagte er mit einem leisen Bedauern in der Stimme, »weil ich glaube, dass du meine Schwester bist.«

Livi war, als hätte sie einen Schlag in die Magengrube erhalten. Seine Schwester? Was redete er da bloß?

Irgendwo weit weg hörte sie die Haustür knallen und die Stimme von ihrem Vater, der nach ihrer Mutter rief.

»Was meinst du damit?«, stammelte sie. »Wieso soll ich deine Schwester sein?«

Ryan sah sie eindringlich an.

»Ich glaube, dass dein Vater auch mein Vater ist«, sagte er und senkte die Augen. »Das heißt, ich bin mir ziemlich sicher.«

Livi fühlte sich wie Alice im Wunderland, die in eine Falle geraten war.

»Aber dein Vater ist tot, du hast es mir selbst gesagt«, protestierte sie.

Ryan setzte sich wieder auf das Bett.

»Der Typ, den ich immer Papa genannt habe, von dem ich glaubte, dass er mein Vater war, der war in Wirklichkeit mein Stiefvater«, erklärte er. »Erst nach seinem Tod hat meine Mutter mir alles erzählt. Und auch dann nur, weil sie keine andere Wahl hatte«, fügte er ziemlich bitter hinzu.

Livi kam es so vor, als ob sie ertrank.

»Er hinterließ mir Geld«, sagte Ryan, »und in seinem Testament hieß es: ›Für Ryan, den ich so liebte, als wäre er mein eigener Sohn.‹« Ryan wischte mit der Hand über sein Gesicht und Livi sah Tränen in seinen Augen. Sie wollte nach seiner Hand greifen, aber dann zog sie ihren Arm zurück. Plötzlich wusste sie auch nicht mehr, was erlaubt war und was nicht.

»Ich habe danach meine Mutter gefragt und sie hat mir dann alles erzählt. Sie sagte, sie hätte sich mal in einen Kerl verliebt, der Mike Hunter hieß, aber der liebte eine andere und ist dann weggezogen, in die Midlands. Einen Monat danach fand sie heraus, dass sie schwanger war.«

Livi schluckte.

»Du?«, flüsterte sie.

Ryan nickte.

»Jetzt verstehst du mich sicherlich. Wir können so nicht weitermachen. Das wäre nicht richtig. Du bist meine Halbschwester.«

Die Worte trafen Livi wie Pistolenkugeln.

»Das ist ja völlig verrückt!« Sie brach in Tränen aus. »Das kann doch nicht wahr sein! Deine Mutter muss doch meinem Vater geschrieben und ihm von dir erzählt haben, wenn das stimmt! Du hast dir das alles bloß ausgedacht!«

Ryan schüttelte den Kopf.

»Ich wünschte, es wäre so. Ich wollte ja eigentlich herausfinden, wer mein richtiger Vater ist, aber wenn das jetzt bedeutet, dass ich dich aufgeben muss …«

Er stand auf.

»Komm mit mir runter«, bat er. »Wir klären ein für alle Mal, was wirklich los ist.«

»Na, da seid ihr ja«, rief Mike, als Livi und Ryan in die Küche kamen.

»Livi?« Judy sah das traurige Gesicht von ihrer Tochter. »Stimmt was nicht? Habt ihr zwei euch gestritten?«

Sie sah Ryan wütend an.

»Oh Mama, es ist …« Livi stürzte sich in Judys Arme und schluchzte.

»Was ist denn los?«, fragte Mike und sah verwirrt aus.

»Ich glaube, ich kann das erklären«, sagte Ryan.

»Dann erklär gefälligst!«, forderte Judy ihn auf, die immer noch die schluchzende Livi im Arm hielt.

Ryan wandte sich an Mike.

»Ich glaube, Sie kennen meine Mutter, Cordelia French. Aber als Sie sie kannten, hieß sie noch Cordelia Carstairs.«

»Ja«, sagte Mike langsam. »Ja, die kenne ich. Das war vor langer, langer Zeit.«

Ryan sah ihm direkt in die Augen.

»Vor 17 Jahren, wenn Sie mal nachdenken«, sagte er leise.

Livi spürte, wie die Arme ihrer Mutter sie nicht länger fest hielten. Sie hob ihr tränenüberströmtes Gesicht und sah den entsetzten Ausdruck von Begreifen über das Gesicht ihrer Mutter huschen. Judy stand regungslos da und starrte ihren Mann an.

Einen Augenblick lang saß Mike völlig bewegungslos da. Er sah Ryan an und Ryan sah ihn an. Die Uhr an der Wand tickte laut. Der Wasserhahn, den Judy schon seit Wochen reparieren wollte, tropfte rhythmisch.

Es war, dachte Livi, als ob jemand bei einem Videofilm auf die Stopptaste gedrückt hätte.

Plötzlich wurde die Stille durch Leonora unterbrochen, die in einem scharlachroten Cape und mit einem riesigen Pelzhut in die Küche geplatzt kam und aussah, als ob sie gerade von der Roten Armee desertiert wäre.

»Hallo, Leute!« Sie knallte zwei Flaschen Champagner auf den Tisch. »Wir müssen feiern, das Buch ist fertig.« Sie sah sich um. »Oh, das tut mir Leid, Judy. Ich, ähem, ich wusste nicht, äh, dass du Gäste hast …«

Sie unterbrach sich und starrte Mike an.

»Du liebes Lottchen«, keuchte sie. »Michael Hunter. Was, zum Teufel, machst du denn hier?«

»Mike«, sagte Judy mit einer seltsam leisen, stählernen Stimme, »ist mein Mann. Olivias Vater.«

Leonora sah Mike an und dann Ryan. Sie registrierte Livis tränenüberströmtes Gesicht und Judys angespannte Haltung.

»Da haben wir wohl ein kleines Dilemma«, sagte sie und das war eine beeindruckende Untertreibung.

Es kam Livi so vor, als ob Leonora von diesem Augenblick an die Regie übernahm. Sie schwebte in die Diele, führte ein kurzes Telefongespräch und bestand dann darauf, dass sich alle rund um den Küchentisch setzten, während sie Tee kochte und einen Früchtekuchen aufschnitt. Niemand aß auch nur einen Bissen, alle stocherten in den Krümeln herum, Livi schniefte leise und Mike trommelte mit seinen Fingern geistesabwesend auf der Armlehne herum.

»Du bist also mein Sohn?«, seufzte Mike dann ungläubig.

Ryan nickte und wartete auf eine Reaktion in Mikes Gesicht.

»Das versteh ich nicht«, sagte der. »Ich bin völlig platt. Weißt du, als deine Mutter und ich uns trennten, hatte ich nicht die leiseste Ahnung.«

»Und hätte es überhaupt etwas ausgemacht, wenn du es gewusst hättest?« Judys Stimme konnte man anhören, dass sie unter großem Stress stand.

Mike fuhr sich mit den Fingern durchs Haar.

»Ich ...«, fing er an, aber er wurde durch die Türklingel unterbrochen.

»Das ist bestimmt meine Schwester.« Leonora wischte sich die Hände an einem Abtrockentuch ab.

Ryans Mutter nahm Judys Hand in ihre beiden Hände.

»Bitte, glauben Sie mir«, sagte sie, »ich hätte nie in der Welt gewollt, dass das passiert.«

Sie wandte sich an Livis Vater.

»Mike, es tut mir Leid.«

»Ich wusste davon überhaupt nichts, warum hast du mir nichts gesagt?«

Cordelia lächelte traurig.

»Und wozu wäre das gut gewesen? Du warst bereits weggegangen, du hattest mir gesagt, dass du Judy wie verrückt liebst und nicht ohne sie leben könntest. Dachtest du wirklich, ich würde bei dir angekrochen kommen, wo ich das wusste?«

Cordelia drehte sich zu Livi um.

»Mein Schätzchen, das muss für dich ja alles fürchterlich sein. Ich wusste von dem Moment an, als Ryan dich zum Boot brachte, dass du Mikes Tochter bist – du siehst ihm ja so ähnlich.«

Livi wandte ihr Gesicht Ryan zu, all ihr aufgestautes Unglück brach sich jetzt Bahn.

»Du hast mich benutzt!«, brüllte sie. »Du hast mich angebaggert und mir vorgemacht, dass du mich magst, nur weil du durch mich an meinen Vater rankommen wolltest. Wie konntest du nur? Wie konntest du mir das antun?«

Ryans Wangen waren knallrot geworden.

»So war das nicht, Livi, das musst du mir glauben«, bat er. »Ich mag dich wirklich und zuerst dachte ich, es wäre nur ein Zufall, dass du mit Nachnamen Hunter heißt. Aber als deine Mutter dann sagte, dass ihr Mann Mike hieße ...«

»Du sagtest, dass dein Vater Mike hieß und dass er gestorben ist«, fauchte Livi.

»Ich weiß, ich hab gelogen«, gab Ryan zu. »Aber ich war mir da noch nicht sicher und außerdem musste ich meine Überraschung vor deiner Mutter verbergen.« Er wandte sich an Judy. »Es tut mir Leid«, fügte er hinzu. »Vielleicht hätte ich einfach den Mund halten sollen.«

Judy berührte seinen Arm.

»Nein«, sagte sie leise. »Das ist alles viel zu lange totgeschwiegen worden. Wir müssen jetzt damit fertig werden, so gut, wie wir eben können.«

Sie sah Livi mit liebevollem Lächeln an.

»Du hast doch immer gesagt, dass du dir einen Bruder wünschst«, sagte sie. »Tja, jetzt hast du einen.«

Livi findet sich damit ab

»Du willst sagen, Ryan ist dein Bruder?«, fragte Hayley ungläubig, nachdem Livi ihr am nächsten Tag in der Schule die Geschichte erzählt hatte.

»Halbbruder«, korrigierte Livi.

»Das bedeutet, du kannst ihn nicht länger zum Freund haben«, behauptete Abigail und warf ihren Kopf in den Nacken. »Damit ist er ja frei für mich, nicht wahr?«

»Ach, halt doch endlich die Schnauze, Abigail Lane!«, brüllte Tasha. »Kannst du denn nicht sehen, wie durcheinander Livi ist? Hast du denn überhaupt kein Mitgefühl?«

Abigail bekam einen roten Kopf und schwieg. Die anderen von der Clique waren immer noch sprachlos. Tasha benahm sich normalerweise wie ein graues Mäuschen. Wie sie jetzt zu Livis Verteidigung losgebrüllt hatte, das zeigte sie von einer ganz neuen Seite.

Livi warf Tasha einen dankbaren Blick zu.

»Sieh es doch mal positiv!«, machte Hayley ihr Mut, denn Hayley war immer ganz energisch darauf bedacht, aus jeder Situation das Beste zu machen. »Du könntest eine Geschichte darüber schreiben und sie an die *Kreisch!* verkaufen. Du weißt doch, die haben eine extra Rubrik für echte Liebeskrisen und man bekommt hundert Pfund dafür!«

Livi riss die Augen auf.

»Wirklich? Nein, nein, das könnte ich nicht.«

Eigentlich war ihr Leben jetzt vorbei, sie hätte genauso gut tot sein können. Sie musste jetzt an Ryan als einen Bruder und nicht länger als ihren Freund denken und würde sich wahrscheinlich nie, nie wieder verlieben. Ihr Schmerz war viel zu tief, als dass sie darüber reden konnte, ganz zu schweigen vom Drucken.

Andererseits waren hundert Pfund eine Menge Geld.

Noch am gleichen Abend fing sie an die Geschichte aufzuschreiben. Sie saß am Küchentisch und nach zwanzig Minuten Kritzeln und Durchstreichen und Schniefen bei den traurigen Stellen wollte sie schon aufgeben.

»Wie kannst du nur ein ganzes Buch schreiben?«, fragte sie Leonora, die irgendein übel riechendes Gebräu kochte, von dem sie Livi versprochen hatte, dass es ihre Sommersprossen wegbleichen würde. »Ich kann ja nicht mal den ersten Absatz richtig hinkriegen.«

Leonora lachte.

»Das ist alles Blut, Schweiß und Tränen, Schätzchen. Ideen haben macht immer großen Spaß, aber sie dann schwarz auf weiß auf die Welt zu bringen tut teuflisch weh!« Sie rührte heftig im Topf herum und schnüffelte an den aufsteigenden Düften.

»Ich habe sogar schon mal Topfpflanzen aus dem Fenster geworfen, als es überhaupt nicht weiterging«, erläuterte sie. »Was willst du denn eigentlich schreiben?«

Livi erzählte ihr von den hundert Pfund.

»Ich dachte, es könnte mir helfen. Weißt du, damit ich das alles dann irgendwie in meinem Kopf klarer kriege.«

»Eine ausgezeichnete Idee«, stimmte Leonora zu. »Brauchst du etwas Hilfe?«

Livi nickte eifrig.

»Und Livi, es tut mir Leid, dass ich es nicht früher gemerkt habe, das mit Ryan und dir. Ich hätte dir viel Schmerz ersparen können.«

Livi lächelte.

»Na ja, wenigstens ist etwas Gutes an der ganzen Sache.«

»Was denn?«

»Wenigstens hat diesmal jemand aus einem richtig guten Grund mit mir Schluss gemacht.«

Sie lachten alle beide und Livi merkte, dass sie zwar noch lange Zeit brauchen würde, um darüber hinwegzukommen, aber es würde ihr eines Tages bestimmt gelingen.

Gute Neuigkeiten für Judy, schlechte Neuigkeiten für Livi

Ein paar Tage später kam Livi aus der Schule nach Hause und fand die Mutter von Ryan am Tisch vor, die mit ihrer Mutter Kaffee trank. Livi wurde ganz unbehaglich zu Mute, sie wusste nicht recht, was sie sagen sollte, und überlegte, warum Cordelia eine anscheinend sehr lebhafte Unterhaltung mit ihrer Mutter führte.

»Hi, Livi!« Judy Hunter schien ungewöhnlich aufgekratzt. »Wunderbare Neuigkeiten!«

Livi wartete.

»Cordelia findet meine Keramik ganz außergewöhnlich!«

»Keramik?« Livi runzelte die Stirn.

»Meine Zwerge, Schätzchen, den Kobold und die Elfen.«

»Und ganz besonders mag ich die Hexen«, unterbrach Cordelia und rückte ihren Knoten zurecht. »Als ich sie letzte Woche in der Diele sah, war ich ganz aufgeregt, aber das schien weder die richtige Zeit noch der richtige Ort, um über eine Kommission zu reden.«

Judy stand auf und füllte die Kaffeekanne wieder.

»Cordelia ist am *Töpferschuppen* beteiligt«, sagte Livis Mutter begeistert.

Livi sah sie verständnislos an.

»Das ist dieser tolle Kunstgewerbeladen in Fulham. Und sie wollen ein Dutzend meiner Sachen in Kommission nehmen und schauen, ob sie sich gut verkaufen. Und falls das so ist …« Sie schwieg, als wäre sie von den weitreichenden Möglichkeiten, die sich da boten, schier überwältigt.

»Falls sie sich verkaufen – und das werden sie ganz bestimmt –«, erklärte Cordelia, »wird ein Judy-Joplin-Feenland-Stück ein ganz wesentliches Weihnachtsaccessoire in allen Nobelhäusern sein!«

»Wahnsinn!« Livi hatte für eine kurze Zeit ihr Unglück vergessen, so beeindruckt war sie von der Vorstellung, dass die Zwerge von ihrer Mutter in die Dielen der Reichen und Berühmten Einzug halten sollten. »Du wirst ein Vermögen damit verdienen.«

Und ich könnte mal was Anständiges zum Anziehen bekommen, dachte sie.

»Ist das nicht toll? Und finanziell könnte es zu keiner besseren Zeit kommen.«

»Papa hat doch gesagt, er würde ...«, fing Livi an.

»Setz dich mal kurz hin, Schätzchen«, sagte ihre Mutter. »Da gibt es etwas, was ich dir sagen muss.«

»Ich muss meine Erdkundehausaufgabe machen oder der alte Peewit dreht durch«, sagte Livi. »Ist es sehr wichtig?«

»Ziemlich«, sagte ihre Mutter und holte tief Luft. »Dein Vater und ich ...« Sie schwieg.

Er kommt nach Hause, er kommt nach Hause, jubelte es in Livi. Endlich hat er sich mit Rosalie zerstritten.

»Dein Vater und ich lassen uns scheiden.«

Livi fühlte sich, als hätte man zwischen ihr Herz und ihren Magen einen Klumpen kaltes Blei gestopft. Sie hatte ihre Mutter angeschrien, sie hatte Beschimpfungen gebrüllt, sie hatte um Bedenkzeit für die beiden gebeten und in der ganzen Zeit hatte ihre Mutter ruhig im Sessel gesessen und immer und immer wieder erklärt, dass es jetzt einfach vorbei war.

»Aber ich habe gehört, wie Papa und Rosalie sich neulich fürchterlich anbrüllten!«, argumentierte Livi in der Hoffnung, dass diese Information die Meinung ihrer Mutter ändern würde. »Du kannst ihn immer noch zurückbekommen, das weiß ich ganz genau!«

Ihre Mutter lächelte sie liebevoll an.

»Nur weil Leute sich streiten, heißt das noch lange nicht, dass sie sich auch trennen. Und weil andere höflich miteinander umgehen, heißt das noch lange nicht, dass sie gut miteinander leben können. Es tut mir Leid, Schätzchen, aber ich will deinen Vater nicht mehr zurückhaben.«

»Du willst was nicht?«

Judy holte tief Luft.

»Ich liebe ihn noch immer und ich werde ihm nur das Beste wünschen und ihn gern haben, aber ich habe mich freigeschwommen, von ihm entfernt. Die Dinge verändern sich, mein Schätzchen. Es tut mir Leid.«

»Es tut dir Leid?«, brüllte Livi. »Was meinst du wohl, wie es mir geht? Ich habe meinen Freund verloren, weil er auf einmal mein Halbbruder ist, und jetzt bin ich auch noch vaterlos!«

Judy schüttelte den Kopf.

»Dein Vater wird immer dein Vater bleiben«, sagte sie. »Das ist etwas, das sich nie ändern wird. Er hat dich lieb, genau, wie ich dich lieb habe.«

»Oh, ja doch! Aber ich finde das schon sehr seltsam, wie ihr mir das zeigt! Und wenn *du* nicht bereit bist, um Papa zu kämpfen, dann werde *ich* das tun!«

Und damit rannte sie aus dem Zimmer, schnappte sich ihre Jacke und riss die Haustür auf.

»Ich werde jetzt diesen ganzen Mist ein für alle Mal klären!«, brüllte sie.

Nackte Tatsachen

»Livi! Ich dachte doch, ich hätte dich gesehen. Komm rein.«

Rosalie machte einen Schritt zurück, damit Livi eintreten konnte.

»Wo ist Papa?«, grollte Livi und wollte sich von dieser Frau jetzt überhaupt nicht höflich kommen lassen. Wenn sie bloß daran dachte, dass sie sie neulich schon fast gemocht hätte!

»Er ist für ein paar Tage verreist«, sagte Rosalie leise. »Möchtest du Kaffee?«

Ohne auf die Antwort zu warten, füllte sie Wasser in den Kessel und legte ein paar Schokoladenkekse auf einen Teller.

»Was meinst du damit, er ist verreist?«

Ein Hoffnungsstrahl erleuchtete Livis Unglück. Vielleicht hatte er seine Meinung doch noch geändert.

Rosalie goss Wasser in zwei Becher und setzte sich gegenüber von Livi auf einen Stuhl.

»Ich denke, deine Mutter hat dir ihren Entschluss mitgeteilt«, sagte sie. »Na ...?«

»Ja, und wahrscheinlich hältst du dich für wahnsinnig schlau!«, zischte Livi.

Rosalie fuhr fort, als ob sie Livis Frechheit nicht gehört hätte.

»Ich habe Mike gesagt, er sollte verreisen und die Dinge für sich klären«, sagte sie. »Ich muss sicher sein, dass er mich wirklich will, und er muss sich da auch ganz sicher sein. Keine Frau will mit einem Typen zusammen sein, der eigentlich lieber ganz woanders wäre.«

Livi dachte nach. Sosehr es ihr auch widerstrebte, aber das klang alles sehr vernünftig.

»Aber Papa hätte überhaupt nicht irgendwo anders sein sollen«, protestierte sie. »Und er wäre auch nie weggegangen, wenn du ihn nicht verführt hättest!«

Rosalie lächelte.

»Willst du wissen, was meiner Meinung nach passiert ist? Du hast deinen Vater auf ein Podest gestellt und das ist wunderbar, weil du ihn lieb hast und weil er ein toller Vater ist und er immer jemand war, zu dem du aufgesehen hast.«

Livi nickte.

»Aber das Problem mit jemandem auf einem Podest ist immer: Wenn er runterfällt, dann tut das weh, dem, der runterfällt, und dem, der ihn raufgestellt hat. Dein Vater macht sich Sorgen, dass du ihn jetzt bis in alle Ewigkeit hassen wirst, und du hast Angst, dass er, wenn er mit mir zusammenlebt, nicht mehr dein Vater sein wird. Aber es wird wohl weder das eine noch das andere passieren, nicht wahr?«

Livi schüttelte langsam den Kopf.

»Na also«, sagte Rosalie energisch. »Ich werde jetzt nicht davon rumlabern, dass wir Busenfreundinnen werden, aber ich hoffe, wir können zumindest höflich miteinander umgehen. Ich weiß, dass du mich im Moment nicht ausstehen kannst, aber ...«

Livi fand, dass die Zeit für totale Ehrlichkeit gekommen war.

»Ich hasse dich eigentlich gar nicht, ich hasse dich überhaupt nicht.«

Rosalie errötete und biss sich auf die Lippe.

»Kommst du mit zu dem Musical?«, fragte Livi. »Es wäre sehr nett, wenn du mitkämst.«

Ein Schritt nach vorn

Es gab bestimmt nicht viele Leute, die ihre Mutter, ihren Vater, ihren Halbbruder, die bekloppte Untermieterin der Mutter und die Geliebte des Vaters alle im Publikum sitzen hatten, die außerdem alle auch noch strampelten und jubelten und klatschten, dachte Livi, als sie mit den anderen auf der Bühne stand, während der letzte Vorhang fiel. Aber dann fiel ihr Blick auf Hayleys Mutter und Vater und deren jeweilige Ehegesponse, die Halb- und Stiefgeschwister, und sie merkte, dass sie schließlich gar nicht so anders war als andere Leute.

Die Aufführung war ein Triumph! Einige der Eltern betupften sich sogar die Augen mit Taschentüchern, als Hayley als armes Fabrikmädchen ihr Lied sang: *Bitte, lieber Herr, bringen Sie mir das Lesen bei,* und das Publikum hatte Dakapo gebrüllt, nachdem Livi ihr rührseliges Lied gespielt hatte, als die Geisterkinder sich auf der Treppe versammelten.

Schließlich waren alle ihre Glückwünsche losgeworden, Mr. Golding hatte seine Rede vom Stapel gelassen und den Eltern für ihre unendliche Unterstützung gedankt, von der er sich sicher war, dass er sich auch in Zukunft darauf verlassen konnte (das war eine höfliche Art und Weise, ihnen zu sagen, dass eine Sammlung unterwegs war und dass sie doch bitte großzügig spenden sollten). Nun standen die Eltern von Livi, Leonora, Ryan und Rosalie beieinander und musterten sich mit vorsichtigen Blicken.

»Na«, sagte Judy und legte ihren Arm um Livi, »warum lade ich euch nicht alle zu einer Pizza ein?«

»Wie wär's, wenn ihr alle mit uns zum Chinesen kommt?«, bot ihr Vater genau im gleichen Moment an. Es gab ein peinliches Schweigen, alle versuchten sich gegenseitig nicht in irgendwelche Fettnäpfchen zu stupsen.

»Ich weiß was.« Livi hoffte voller Verzweiflung, dass sie das Richtige tat. »Gehen wir doch alle indisch essen!«

Judy lächelte schwach, holte tief Luft und schluckte.

»Das hört sich großartig an«, schaltete sich Livis Vater ein. »Gehen wir doch alle zusammen dorthin.«

»Zuerst war ich von deiner Idee ja nicht sehr begeistert«, sagte Judy, als sie nach Hause kamen. »Aber es hat wirklich das Eis gebrochen.«

»Wenn wir schon von Eis reden«, sagt Leonora, »wie wär's mit einem Gin?«

»Du hast schon drei Gläser Wein getrunken«, mahnte Livi.

»Da spricht die Stimme der Vernunft«, seufzte Leonora. »Ich geh mal und setz den Kessel auf.«

In diesem Augenblick klingelte das Telefon.

»Wer kann denn das sein, noch so spät am Abend?«, fragte Judy.

»Wenn du rangehst, wirst du es rausfinden«, schlug Livi vor und ging in die Küche, um sich etwas zu trinken zu holen.

Zwei Sekunden später gab es einen lauten Schrei.

»Meinst du das wirklich? Ganz ehrlich? Und du machst dich nicht über mich lustig?«

Leonora sah Livi an.

»Hört sich an wie gute Neuigkeiten«, sagte sie.

Judy kam in die Küche geplatzt.

»Ich kann es nicht glauben! Es ist einfach zu phantastisch!«

Leonora und Livi sahen sie erwartungsvoll an.

»Meine Zwerge«, erklärte Judy. »Der *Töpferschuppen* hat alle verkauft. Sie wollen mehr. Regelmäßig. Sie wollen, dass ich nach London komme und einen Vertrag unterzeichne. Oh!«

Und sie riss Livi und Leonora in einer Riesenumarmung an sich.

»Na, dann ist ja alles geritzt!«, sagte Leonora.

»Was?«, fragte Judy und sah verwirrt aus.

»Wir trinken jetzt den Gin«, sagte Leonora.

Entwicklungen

Livi glaubte noch an Wunder. Sie hatte eine ganze Stunde darüber nachgegrübelt, wie sie ihre Mutter dazu überreden konnte, dass sie sie auf die Reise nach London mitnahm, und schließlich hatte ihre Mutter einfach Ja gesagt. Es wäre eine glänzende Idee und sie könnten sich ein wunderbares Fest daraus machen.

Deshalb waren sie bei *Harvey Nicholls* einkaufen gegangen, wo Livis Enttäuschung über ihre magere Geldbörse und die Tatsache, dass sie sich nichts leisten konnten, auf einmal angesichts der Aufregung verblasst war, als sie Emma Thompson in höchst eigener Person Strümpfe kaufen sah. Dann hatten sie die King's Road erforscht und waren schließlich bei *Fables* zu einem späten Mittagessen eingekehrt, das Judy aber nicht genießen konnte, weil sie wegen ihres bevorstehenden Besprechung so aufgeregt war. Judy hatte sich solche Sorgen gemacht, dass sie eine halbe Stunde zu früh zu dem kleinen Laden in der Beaufort Street kamen und bis zu der verabredeten Zeit außer Sichtweite auf einer Mauer sitzen mussten.

»Sie müssen Judy Joplin sein!«, sagte eine elegante Dame mit weizenblondem Haar, das zu einem makellosen Pagenkopf geschnitten war. An den Ohren trug sie enteneiergroße Ohrringe.

»Stimmt.« Judy lächelte. »Und das ist meine Tochter Olivia. Livi, das ist Cordelias Partnerin, Vanessa Cross.«

Sie schüttelten sich die Hand.

»So, während wir uns jetzt über Geschäfte unterhalten, könntest du doch so lange mit meiner Tochter rauf in unsere Wohnung gehen? Ich bin sicher, du findest das viel interessanter als unser Gespräch, wenn wir uns über Rabatte und solche Sachen streiten!«

Mrs. Cross griff zu einem Haustelefon.

»Sophie! Kannst du mal eben runterkommen?«

Das Mädchen, das dann hinten im Laden auftauchte, trug genau die schwarzen Spitzenhosen, nach denen Livi schon seit Wochen ganz verrückt war. Sie hatte die Nägel knalllila lackiert, eine absolut perfekte Figur und riesengroße dunkle Augen. Livi, die gedacht hatte, dass sie in ihrem schwarzen Kleid mit den neuen karierten Strumpfhosen und den Doc Martens einigermaßen okay aussah, kam sich ziemlich schäbig vor. Dieses Mäuschen hielt sie wahrscheinlich für eine richtige Provinztussi.

»Hi!« Sophie lächelte von einem Ohr zum anderen. »Ich bin der Rettungsdienst. Wenn meine Mutter sich erst einmal über Geschäfte unterhält, dann stirbt man garantiert an galoppierender Langeweile!«

Livi lachte.

»Komm mit«, sagte Sophie. »Du kommst genau zur richtigen Zeit. Du kannst mir beim Lackieren meiner Zehennägel helfen.«

Livi war absolut begeistert. Sie hatte noch nie jemanden wie Sophie kennen gelernt. Sophie und ihre Mutter waren offensichtlich wahnsinnig reich – man musste sich nur ihr riesiges Zimmer mit dem Farbfernseher, dem Telefon auf dem Nachttisch, und die Designerbettwäsche anschauen. Die Stange im Kleiderschrank ächzte förmlich unter dem Gewicht der Klamotten, und als sie ihre Schublade aufzog, um ihren Nagellack zu finden, sah Livi eine Ansammlung von Cremes, Duftwässerchen und Make-ups, von denen nicht ein Einziges aus dem Supermarkt stammte. Trotz all diesen Reichtums war Sophie aber überhaupt nicht hochnäsig, sondern es war unglaublich einfach, mit ihr klarzukommen.

»Du hast doch nichts dagegen, oder?«, fragte sie, während sie Livi einen Fuß unter die Nase streckte, damit die ihren großen Zeh anmalte. »Wenn ich es allein mache, dann verschmiert alles.

Ich will heute Abend mit einem unglaublich tollen Typ

ins Kino gehen und dazu will ich diese absolut irren zehenfreien Schuhe anziehen, du weißt schon. Alles ganz wie in den Fünfzigern, ich zeig sie dir mal.«

Und dabei sprang sie auf, das Fläschchen Nagellack flog durch die Gegend und bekleckerte das untergelegte Handtuch. Sie sahen sich gegenseitig an und mussten laut loslachen. Es war die Art von Kichern, das einsetzt, weil irgendwas Komisches passiert, und das dann immer weitergeht, bis keiner sich mehr genau daran erinnern kann, was überhaupt der eigentliche Anlass für das Gelächter gewesen war.

Zwei Stunden später kamen Judy und Vanessa sie abholen. Die Frauen schauten ein bisschen rosig aus, weil sie den Vertrag mit einer Flasche *Chateau Meaume* gefeiert hatten. Da wussten die beiden Mädchen, dass es ihre Vorbestimmung gewesen war, sich irgendwann einmal kennen zu lernen.

»Mama, kann Livi mich mal besuchen und ein paar Tage hier bleiben?«, flehte Sophie. »Weißt du, sie war noch nie im *Planet Hollywood* oder in der South Molton Street oder im Covent Garden und ich möchte sie zum Camden Market mitnehmen und zum ...«

Vanessa hielt eine Hand hoch, um den Redestrom ihrer Tochter abzubremsen.

»Natürlich kann sie jederzeit kommen«, sagte sie, als ob es völlig normal wäre, eine völlig Fremde über das Wochenende einzuladen. »Ich hab so ein Gefühl, als ob Judy noch sehr viel häufiger nach London kommen muss. Sie ist am Beginn einer glänzenden Karriere.«

»Das Leben«, sagte Livi auf dem Weg zur U-Bahn, »kann schon sehr seltsam sein.«

Judy lachte.

»Du lernst dazu. Was hat denn diese tiefe philosophische Erkenntnis ausgelöst?«

»Na ja, wenn Ryan sich nicht auf einmal als Papas Sohn entpuppt hätte, wäre Cordelia nie in unser Haus gekommen und hätte nie deine Sachen gesehen. Und dann hättest du nie diesen Vertrag bekommen und ich hätte nie Sophie getroffen.«

»Das stimmt. Es wäre ganz schön für dich, wenn du noch eine andere Busenfreundin hättest, so könntest du leichter über Ryan hinwegkommen.«

Livi sah sie an.

»Ich glaube, Leonora hatte da Recht«, sagte sie.

Judy sah sie fragend an.

»Jungs«, sagte Livi. »Wer braucht schon Jungs?«